文豪と印影

西川清史

左右社

文豪と印影

西川清史

はじめに

地元の図書館で昔の本を手にしていたある日、ふと、古い本の奥付（著者や出版社や刊行日などを事細かに記した最終頁のこと）には著者のハンコが捺されていることに気がついた。そうだそうだ、昔の本には著者のハンコが捺されていたものだったと思い出した。

これは「検印」と呼ばれ、たいがいは朱色で、作業中に擦れたりしたのであろう、色が滲んだり、擦れたりしていたものである。直接奥付にハンコを捺したものもあれば、切手のような小さな紙（印表というらしい）にハンコを捺し、その紙を奥付に貼ったものもあり、さらに丁寧なものは汚れ止めのために、その上に小さなパラフィン紙をかけたものまであった。

何のためにそんな面倒なことをしていたのか。

出版社が著者に支払う印税（著作権使用料）に正確を期すためである。出版社は著者に対して、千部印刷して売りに出せば千部分の、一万部売りに出せば一万部分の印税（定価の一割前後）を支払わねばならない。その売り出し部数に正確を期すために検印制度が導入されたわけである。つまり、出版社が千部と言っておきながら、ちゃっかり二千部を売りに出していたりすることがないようにという、実に散文的な事情で誕生した制度なのである。

伊藤整が「検印」という題で面白い随筆を遺している。

〈私は本を読み出した少年時代に、不思議に思ったのは、本の一番最後についている頁のことであった。そこには、出版社か印刷所の名が書いてあり、著者の名が書いてある。しかし著者の名も、本の表紙についているのと違っているものが、その頃は多かった。日夏耿之介がその頁では樋口国登となっている。島崎藤村が島崎春樹となっている、というようなものである。

その外に、その頁には、印紙のような紙が貼りつけてあってそれに日夏とか島崎とかいう印が押してある。これは一体何だろう、と私はいぶかった。それは多分、その本が立派な本であって、たしかに自分の書いたものである、と著者が証明するシルシであろう、と私は思った。

　しかしまた、大変シャレた読みにくい印を押してあるのを見ると、私は著者が、自分の持っている印を見せびらかすために押しているのだ、とも考えた。

　その私の考は、二つとも大体において当っていた。しかし、検印(と言うものである)にはもう一つの商業的な役目があった。それは、検印を押す数を出版社と著者がたがいに認め合って、その数だけの本は市場に売りに出したのであるから、その本の定価の八分から一割二分位の金額を出版社は著者に払わなければならない、という契約の役目をするということである。〉(『伊藤整全集』新潮社　第二十三巻所収「検印」より)

　しかし、その昔の出版社はしたたかであった。

式場隆三郎が怒りの随筆を書いている。

〈いつか私の本で、検印紙を半分に切ってはったものがあった。つまり著者に知らせた二倍の部数が、でていたのを知った。また無検印の本が、かなり出ていたことがある。もっとひどい出版社では、検印を偽造して、何千部かさばいていたことがわかった。私は印税だけで生活しているのではないから、つよい抗議はしなかったが、悪徳出版屋もあるから、著者は油断がならない。〉（『日本人の知性』学術出版会　第十七巻所収「装幀と検印」より）

確かに三文判（数百円で売っている出来合いのハンコのこと）などを検印に使ったら、悪徳出版社は同じハンコを買ってきて、じゃんじゃん捺しまくったに違いない。

そこで著者はそんじょそこらにはないハンコを誂えるようになった。ハンコはどんどん洗練され、審美的な色彩を帯びてくる。印影まで含めて作品なのだ、とでもいうように。

太宰治の著書に『晩年』という題名の作品がある。

心中から生き延びた太宰が、自殺を前に遺書のつもりで書き綴った処女作品集である。昭和十一年に砂子屋書房から刊行されたものだが、この刊行に際して、太宰が格別の思い入れを示していた様子が、檀一雄の『小説 太宰治』の中に書き留められている。

〈プルーストの「失はれし時を索めて」の白水社版や、ケントの表紙の見本なぞを持参して、どうしても菊版にしたいといっていた。

「背文字はない方がいいんだ。表紙は薄鼠で晩年という二字だけにしたいね」

「写真を入れてくれないかしら。この写真」

と、いって、取り出した写真は、例の石の高麗犬の前の和服の立像だった。光のせいか眼窩が落ち窪んで、幽鬼のようだった。

勿論、太宰は当時やせていたが、あの写真は、光線のせいかことさらひどくゆがんで写っていた。しかし太宰は、その写真に馬鹿に執心のようである。

「晩年」という文字は、自分で雛型を書いて、こんな風に伯父さんに書いて貰うと云っていた。（略）

　校正は一切、私がやることに話しが決った。部数は六百。印税はたしか二百円ばかり現金を届け、残りは本にして貰う、ということだった。

「表紙は上質のトリノコがあるんでねえ」

と、浅見さんが云うと、

「じゃ、それにしてください」

　太宰は、大喜びのようだった。

　各篇の題名は、いちいち中扉を入れず追い込みにすること。それから奥附は白水社の本を切取って、自分でちゃんと見本を作っていた。

「印表は貼らぬ方がいいんだ。直接判を押す。随分しゃれたものなんだよ」

と、上機嫌で太宰は云っていた。〉（『檀一雄全集』新潮社　第七巻より）

この『晩年』という本は五百部しか印刷されなかったので、いまではほとんど手に入れることができない。たまたま神田の古書店で売られていることを知り、物見遊山で出かけた。奥付を見ると、確かに直接ハンコが捺されていた。それも三文判のような、なんの変哲もない「太宰」というハンコだった。きれいな赤い箱に収められた保存状態がとてもいいものだったが、値段が五十万円と聞いて、購入は諦めた。

この検印という制度がいったいいつ始まって、いつ終わったのかはよく分からない。一説には森鷗外の『水沫集』（明治二十五年刊行）が最初だと言われているが、確認のしようがない。出版社によって、著者によってまちまちで一概に述べることはできないからだ。この制度がなくなったのは、おそらく発行部数がどんどん増えていったからだろう。数千部程度の部数ならともかく、数万部の部数ともなると、とてもハンコなど捺していられるものではない。

そもそも部数をちょろまかそうというような出版社は自然淘汰されたに違いない。今回収集した検印を調べてみると、一番古いものが、明治三十五年（森鷗外『即興詩人』春陽堂）で、一番新しいものが平成七年（丸谷才一『七十句』立風書房）だった。もっとも多いのが昭和三十年代だった。

昭和四十年代になると、検印は消えた。その代わりに次のような断り書きが記されるようになった。

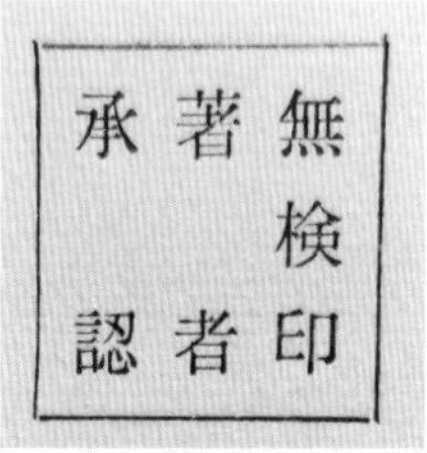
無検印
著者
承認

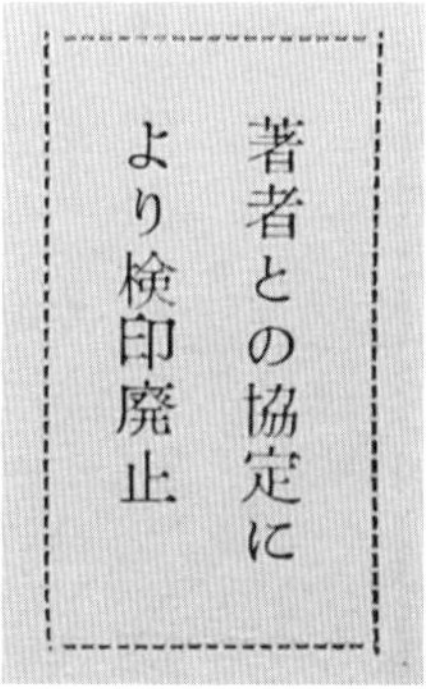
著者との協定に
より検印廃止

そうしてこれらの断り書きも消え去り、今ではその痕跡もない。著者と出版社との約束事が近代化された証拠なのだろう。

ただ時々、なくなってしまった検印を懐かしむように、印影のようなものを奥付に印刷してあるのを見かけることがある。書物に対する愛がそこはかとなく伝わってくるような気持ちにさせられる。

そんな「懐かしむ気持ち」を持っている人たちがこの世から消え去ったとき、検印は完全に忘れ去られるのだろう。

そう思うと、奥付の検印を記録しておきたくなった。暇に飽かせて、古い本の奥付を片っ端から覗く作業が始まった。

やってみると、これがなかなか楽しくてやめられない。今はもうこの世にいない作家たちが一生懸命、ひとつひとつこのハンコを捺していたんだなあ、と思うと、彼らの肌のぬくもりを感じるような気さえする。

消え去るものは、なべて、愛おしい。

目次

森 鷗外

一八六二—一九二二　島根・津和野生れ。東京大学医学部卒業後、陸軍省の命でドイツ留学。帰国後、訳詩編『於母影』、小説『舞姫』、翻訳『即興詩人』を発表。『阿部一族』『高瀬舟』など、歴史小説や史伝も多い。日本を代表する明治・大正期の作家。

武石弘三郎のアトリエにて。明治四十五年頃。

即興詩人　上　春陽堂　明治三十五年　初版
「此欄内に著者の印章捺印なき者は偽版也」
の文言が面白い。

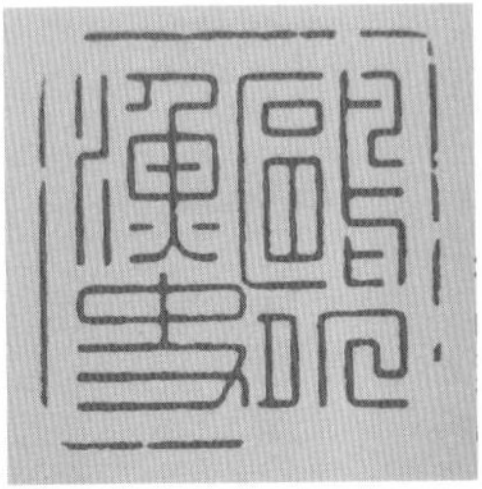

鷗外漁史

源高湛

森鷗外の印章論

　根津権現の方から、日本医科大学付属病院の脇の細い一方通行の坂（汐見坂と呼ばれている）を北に向かって上っていくと、鷗外の旧居跡に辿り着く。鷗外の家は観潮楼と呼ばれた。この家から東京湾が見晴らせたからである。今ではビルに遮られて何も見えはしないが。

　その旧居跡は現在、森鷗外記念館となっていて、鷗外ゆかりの品物が数多く展示されている。その中に十六顆の印章がある。

　主に蔵書印や落款に用いられたものだが、それらの印影を集めて編集した

千朶山房主人

鷗外

『鷗外印譜』が昭和六十三年に刊行されている。上に掲げた印影は同書に掲載のものだが、この中で鷗外は印章に対する考えを披瀝していて、なかなか面白い。大意、次のようなものである。

〈西欧の人々が起居する石の建物は頑丈で簡単に壊れたりはしない。だから、皆が敬愛する著名人が亡くなった後も、その人が住んでいた住まいを保存し追慕の情をいつまでも奉げている。翻って我が国の住まいは木造のためすぐに跡形もなくなってしまう。従ってその人を景仰するには、その人が愛用していたこまごまとした物に依るしかない。その点では、印章というものは最適に思われる。〉

芥川龍之介

一八九二―一九二七　東京生れ。東京帝国大学英文科在学中から創作を始め、短編『鼻』が夏目漱石に激賞される。『羅生門』『藪の中』『杜子春』などを次々と発表し大正文壇の寵児となる。が、「唯ぼんやりした不安」に苛まれて薬物自殺。社会に衝撃を与えた。

支那游記　改造社　大正十四年　初版

新潟高校で最期の講演を行なう。

芥川龍之介の死と印章

　いかにも鋭利で繊細な神経を張り巡らしていそうな顔である。

　齋藤茂吉からもらった睡眠薬を大量にのんで、田端の自室で自ら命を絶ったのは昭和二年の七月二十四日未明。三十五歳だった。

　遺書には「唯ぼんやりした不安」と書かれているばかりで、委細ははっきりしない。遺書を読むと、いかにも神経質な人であったことが分かる。遺族への事細かな指示が尋常ではない。

〈生かす工夫絶対に無用。絶命後に小穴君に知らすべし。絶命すまで来客には「暑さあたり」と披露すべし。〉

　また、遺された幼い子供たちに向けて、こう書いている。

〈汝等は皆汝等の父の如く神経質なるを免れざるべし。殊にその事実に注意せよ。〉

　そして、人からの借り物の処分についても細かい。

〈下島先生より印数顆、室生君より印二顆。（印は所持者に見て貰うべし。）
沖本君に印譜を作りて貰うべし。
わが追善などに句集を加へて配るもよし。
石塔の字は必ず小穴君を煩はすべし。〉

　死に臨んで印章のことがかくも気になったのであろうか。

23　芥川龍之介

坂口安吾

一九〇六―一九五五　新潟生れ。東洋大学インド哲学科卒業。戦中、『日本文化私観』『青春論』で注目を浴び、戦後に発表された『堕落論』が人々に衝撃を与えた。小説に『白痴』『桜の森の満開の下』があり太宰治、織田作之助らと共に無頼派と呼ばれた。

わが人生観　筑摩書房　昭和三十年　初版

文士の野球大会にくわえ煙草で参加。

坂口安吾の父親は篆刻マニアだった

　昭和十七年、安吾は『日本文化私観』で威勢よくまくしたてている。

〈僕は日本の古代文化に就て殆ど知識を持つてゐない。ブルーノ・タウトが絶讃する桂離宮も見たことがなく、玉泉も大雅堂も竹田も鉄斎も知らないのである（略）孤独の家居にゐて、床の間などといいふものに一顧を与へたこともない。〉

〈美しさのための美しさは素直でなく、結局、本当の物ではないのである。要するに、空虚なのだ。（略）詮ずるところ、有つても無くても構はない代物である。法隆寺も平等院も焼けてしまつて一向に困らぬ。必要ならば、法隆寺をとり壊して停車場をつくるがいゝ〉

　旧来の日本の伝統的文化観に対して強く異議を申し立てているのである。

　ところが、著書に捺された印影を見てみると、あれま、まことに正統的、伝統的な印章ではないか。

　調べてみると安吾の父、仁一郎は衆議院議員だったが、「印癖」と呼ばれるほどの篆刻マニアなのだった。気に入った印章は何が何でも入手しないと気が済まないほどの人物だったと言う。幼き安吾は篆刻について、父親から、徹底的に英才教育を受けていたのではなかろうか。

背中を流すのは今日出海。熱海大野屋にて。

太宰 治

一九〇九―一九四八　青森生れ。東京帝国大学仏文科中退。自殺未遂や薬物中毒を繰り返しながらも『走れメロス』『津軽』『人間失格』『斜陽』などを発表。新戯作派、無頼派と称されたが典型的な自己破滅型の私小説作家だった。玉川上水で入水自殺。

冬の花火　中央公論社　昭和二十二年　初版

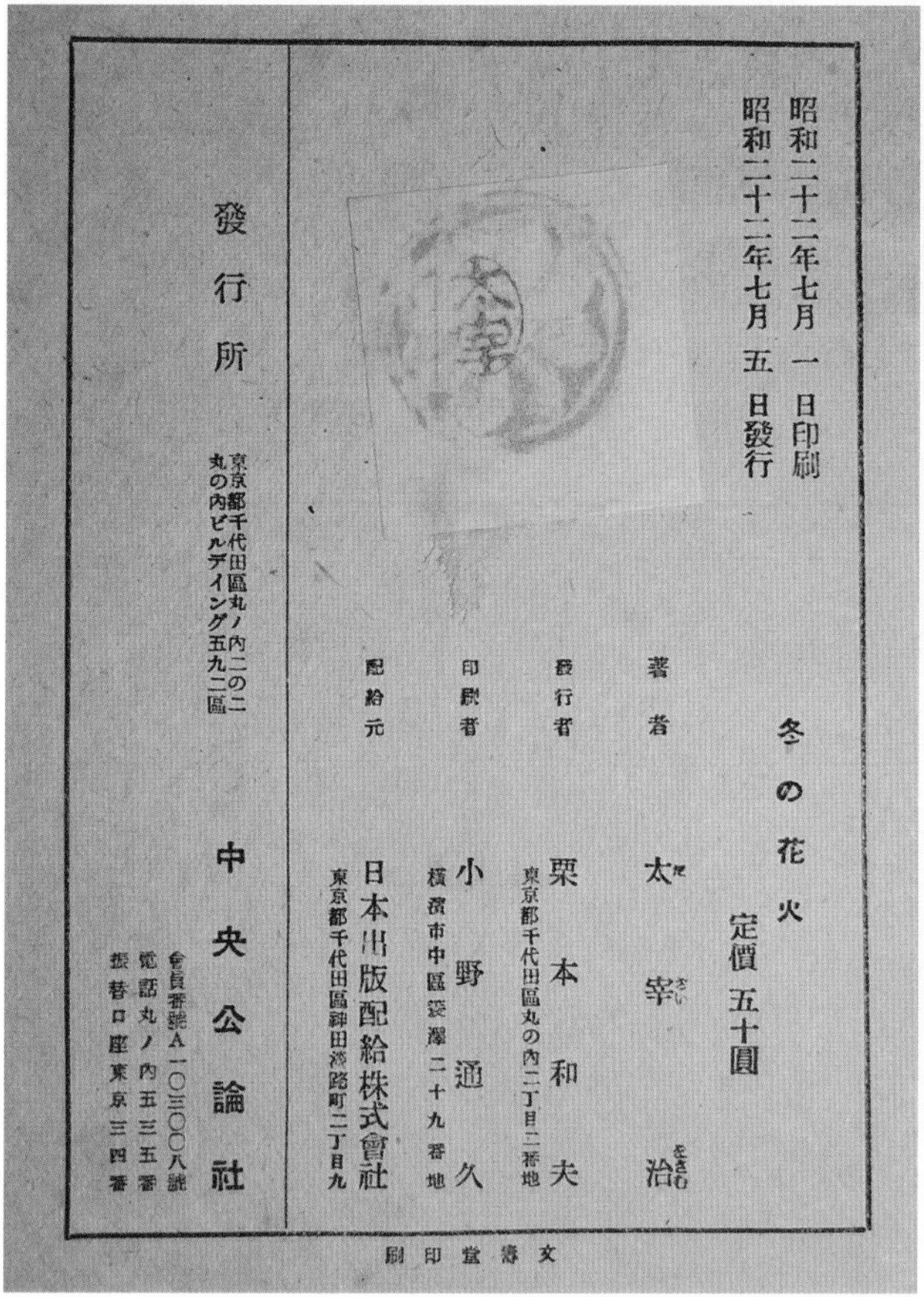
昭和二十二年七月一日印刷
昭和二十二年七月五日發行

冬の花火　定價 五十圓

著者　太《だ》宰《ざい》治《をさむ》

發行者　栗本和夫
東京都千代田區丸の内二丁目二番地

印刷者　小野通久
横濱市中區蓑澤二十九番地

配給元　日本出版配給株式會社
東京都千代田區神田淡路町二丁目九

發行所　中央公論社
東京都千代田區丸ノ内二の二
丸の内ビルディング五九二區
會員番號Ａ一〇三〇〇八號
電話丸ノ内五三五番
振替口座東京三四番

文壽堂印刷

29　太宰 治

太宰治は妻に検印を捺させていた

　太宰の処女作品集に『晩年』という著書がある。昭和十一年に砂子屋書房から刊行されたものだが、檀一雄の『小説 太宰治』を読むと、太宰は本の体裁についても一家言ある作家だったことが分かる。

〈プルーストの「失はれし時を索めて」の白水社版や、ケントの表紙の見本なぞを持参して、どうしても菊版にしたいといっていた。

「背文字はない方がいいんだ。表紙は薄鼠で晩年という二字だけにしたいね」

「写真を入れてくれないかしら。この写真」〉

〈「印表は貼らぬ方がいいんだ。直接判を押す。随分しゃれたものなんだよ」と、上機嫌で太宰は云っていた。〉

　しかし、そう言っている割には、検印そのものは、この『冬の花火』と全く同じ、凡庸な三文判なのだった。

　最近、三鷹市美術ギャラリーに太宰が住んでいた三鷹の小さな家が再現された。そこには太宰が羽織っていたインバネスなど、ゆかりの品々にまじって七顆の印章が展示されていた。よく見ると、四角い立派な印章もあって驚いた。こんないいものを持っているのになぜ？　と不思議に思い関係者に聞いてみると、「ああ、あの印章は亡くなった後に遺族の方がお作りになったものなんですよ」とのこと。

やはり太宰は印章に関心がなかったのだろう。

ところで、この検印を捺していたのは、太宰本人ではなく、太宰の妻、津島美知子だった。『回想の太宰治』の中でこう書いている。

長女園子、次女里子と自宅にて。

〈終戦後にわかに人気作家の列に入って、原稿の依頼も出版の申込も倍増している。出版は新しい選集、戦前の選集の重版と次々申込があって部数もふえ、三千部くらいの検印を一つ一つ入念に捺していた以前と、まるで変わってしまった。商売繁盛は結構なのだけれども、さきの生活への見通しは少しもないし、こうして親子四人、兄の家に寄食して安楽に過ごさせてもらっているが、その本家も、いまや農地を失ってぐらついているし、といってこの戦後の混乱期にどうすればよいのかわからない。ただ漠然とした不安が拡がるばかりである。〉

川端康成

一八九九―一九七二　大阪生れ。東京帝国大学国文学科卒業。菊池寛の知遇を得て『文藝春秋』同人に。横光利一らと『文藝時代』を創刊して新感覚派運動を興した。『雪国』『千羽鶴』『山の音』などを発表。ノーベル文学賞受賞。昭和四十七年にガス自殺。

千羽鶴　筑摩書房　昭和三十年

吉永小百合の顔を見ると相好を崩した。

33　川端康成

大岡昇平

一九〇九―一九八八　東京生れ。京都帝国大学文学部仏文科卒業。スタンダール研究などを発表。フィリピンでの捕虜体験を小説『俘虜記』に書く。また『野火』『武蔵野夫人』『花影』『中原中也』など多彩な作品を発表。『レイテ戦記』で毎日芸術賞受賞。

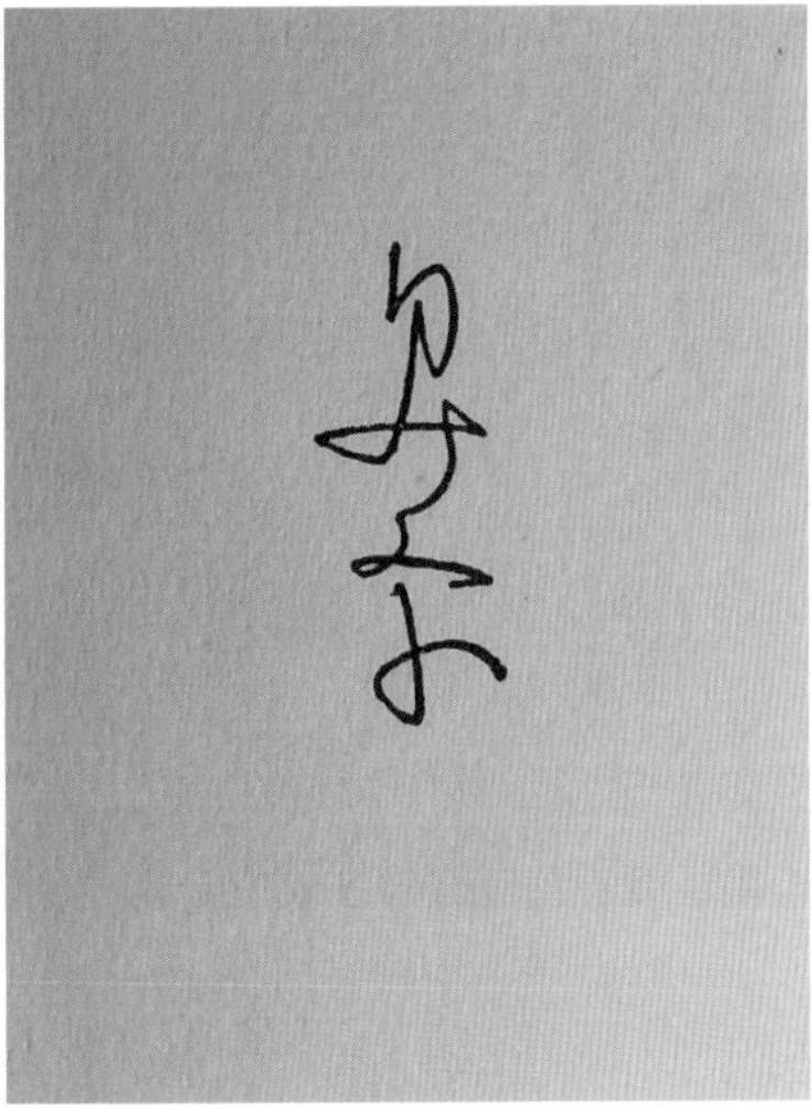

現代小説作法　文藝春秋新社　昭和三十七年　印刷
自身の名前「昇平」と記したもの

スズのとっくりが自慢だった。昭和二十六年自宅にて。

三島由紀夫

一九二五―一九七〇　東京生れ。東京大学法学部卒。『仮面の告白』で注目を浴び、以後『潮騒』『金閣寺』など鋭い批評精神を持った作品を発表。また「楯の会」を結成、東京市ケ谷の自衛隊駐屯地で演説の後、割腹自殺を遂げた。『豊饒の海』四部作が絶筆。

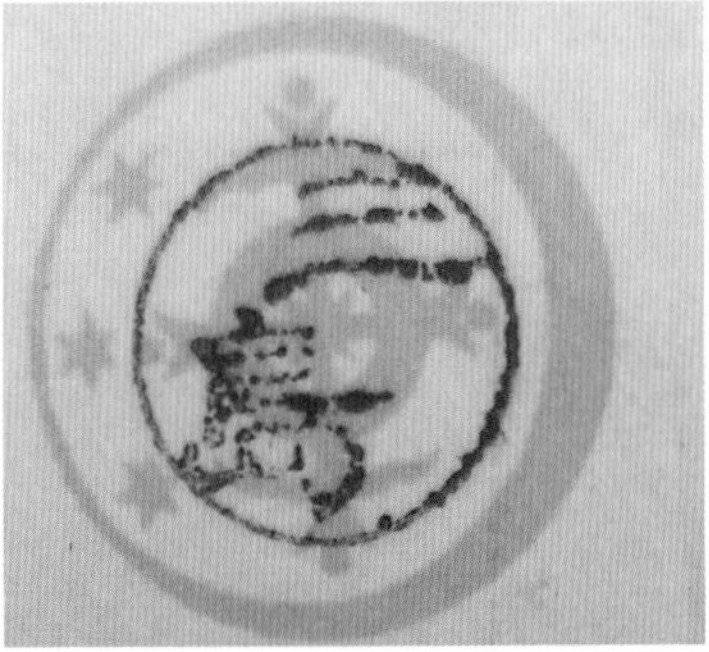

永すぎた春　大日本雄辯會講談社　昭和三十二年　五刷

金閣寺　新潮社　昭和三十二年　七刷

潮騒　新潮文庫　昭和三十年　初版

原稿用紙には一字の誤りもない大変美しい字を書いた。

37　三島由紀夫

三島由紀夫の美意識

美意識というか自意識というべきか、三島由紀夫ほど顕著にそれを保持した作家はいないのではないか。

痩せこけて貧相な肉体と訣別すべくボディビルに打ち込み、剣道にも精を出す。まったき西洋式の自宅を建てる際には、白い壁、タイルの床、高い天井というラテン・アメリカ風の内装に憧れ、スペインで家具調度を大量に買い集めてきた。その西欧風庭園にはイタリアで特別発注した純白大理石のアポローン像のレプリカ（７００キログラム！）まで設置する凝りようである。あるいは、「楯の会」を組織するや、西武百貨店の堤清二に電話して、「ドゴール将軍の軍服のような、とにかくかっこいい制服を作りたい」と注文。百一人分夏冬の制服を依頼している。後日、制服や徽章のデザインまで事細かに描いたものを送り届けてもいる。その制服を身にまとい、最期には、自衛隊に乗り込んで日本の伝統的自死まで敢行してみせたのである。

それほどまでにスタイリッシュな作家が、なぜこんな印章で満足したのであろうか。不思議でならない。

検印は父親に任せていたと言われる。東京帝国大学法学部卒の農務省官僚の父親は印章に頓着するような人ではなかったということなのだろうか。

鍛えた肉体を誇示することにためらいはなかった。

葛西善蔵

一八八七―一九二八　青森生れ。哲学館大学に入学するも無届欠席により除籍。借金、飲酒、女性関係など、自身の無茶苦茶な困窮生活を私小説に描いて注目を浴びた。代表作に『子をつれて』『不能者』『哀しき父』『浮浪』など。肺結核で四十一歳の若さで逝去。

子をつれて　新潮社　大正十三年　初版

酒さえ飲まなければいい男だったのに。

葛西善藏の赤貧

赤貧洗うがごとき生活だった。

〈そのころ葛西善藏は世田谷三宿に居住していた。（略）土埃りの舞いあがる玉川街道には、単線の玉川線を玩具のような電車がはしり、肥桶をつんだ荷馬車がとおっていた。葛西の家は、電車通りから外れた細い裏通りの、二軒長屋であったように記憶する。玄関の硝子戸をあけると、そこが六畳の部屋で、調度品といったものは何ひとつなく、部屋隅に、「改造」であったか「中央公論」であったか、二、三冊、放りすてられたようにあった。（略）やがて、破れた襖をあけて、隣の部屋から、よれよれの垢まみれの丹前姿の葛西善藏があらわれた。〉（『作家の舞台裏』楢崎勤　読売新聞社）

金があればすべて酒に注ぎこんでいた。妻子を養うこともできず実家に帰し、金策に奔走しているうちに借家からも追い出され……。

〈實は友人からも忠告を受けてゐるんだが、精二君からなど友情の籠もつた懇篤な手紙をもらつてゐるし奈良の志賀君からも、朝から酒にばかり入り浸つてゐるのだけは止めて呉れつて（略）全く飲んでゐるか、寝てゐるか、それだけの生活だけで、段々と書けなくなつて行くばかりだ。〉（『葛西善藏全集』津輕書房　第三巻）

ハンコの誕生は恐るべき昔

文字や紙が生まれるずっと前、今から七千年ほど前にチグリス、ユーフラテスの河口、メソポタミアの地でハンコは誕生した。まず、ボタン状のハンコが生まれ、お守りのような護符として使用された。次に円筒状のハンコが生まれた。側面に絵が刻まれていて、これを粘土の上で転がすと、横長のレリーフ状の印影が浮き出る仕組みだ。貴重なものを収めた甕や壺を封印し、その上に粘土を塗り、そこにハンコで印をつけた。これは私の物であると誇示するように。

このハンコ文化は交易とともに東西の文化圏に伝播した。西はエジプト、ギリシャ・ローマへ。東はシルクロードを通って中国まで。中国には二千五百年前の戦国時代に伝わり、紙の発明によって朱泥で紙に印を捺すという独自のハンコ文化が育まれた。その中国から日本にハンコ文化が伝わったのは、八世紀初めの大宝律令の時。隋・唐のハンコ制度が伝来した。以来、千三百年。

ハンコはヨーロッパでは早くに廃れ、中国では書画に捺す趣味的芸術的な篆刻のみが残ったが、日本では印鑑登録制度や銀行印や、大事な書類にはハンコを捺すという独自の文化が誕生し、今も続いている。七千年前にメソポタミアで生れた文化が、日本でこのような形で残っていると考えると実に不思議な気がする。ちなみに日本のこの独自のハンコ制度は世界中どの国にも存在しない。

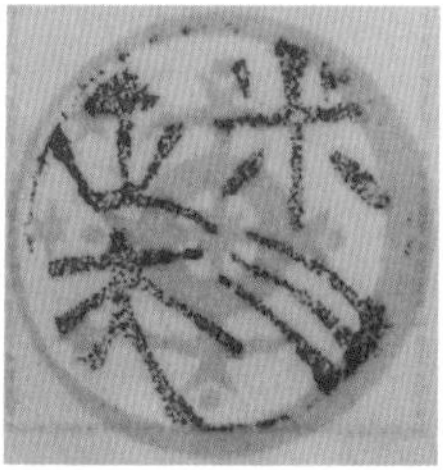

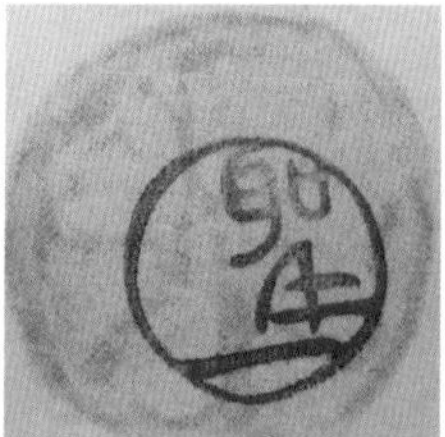

右上から

檀　一雄　石川五右衛門 続（おこんの巻） 新潮社　昭和二十七年　初版

大原富枝　婉という女　講談社　昭和三十五年　初版

舟橋聖一　華燭　中央公論社　昭和四十一年　初版

原田康子　廃園　筑摩書房　昭和三十三年　初版

米川正夫　新版世界文学全集17　新潮社　昭和三十三年　初版

壺井　榮　二十四の瞳　光文社　昭和三十年　第十七刷

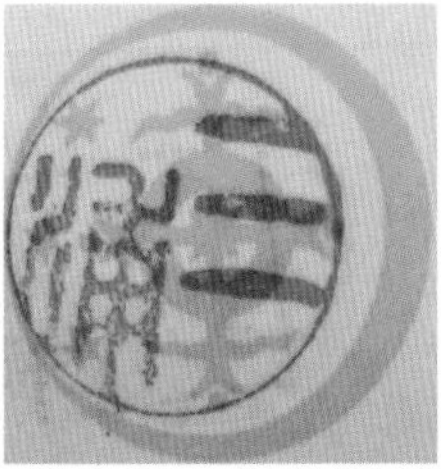

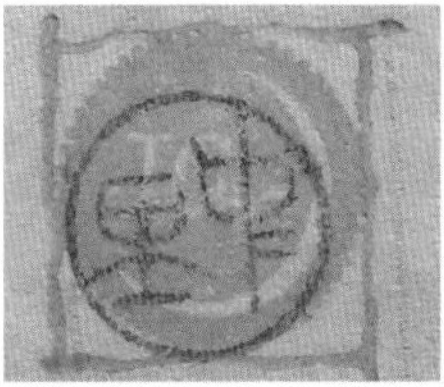

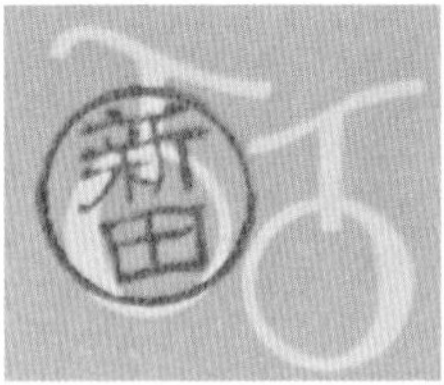

右上から
五味康祐　柳生連也齋　新潮社　昭和三十一年　八刷
三浦哲郎　忍ぶ川　新潮社　昭和三十六年　初版
小島政二郎　おこま　上　大日本雄弁会講談社　昭和三十年　初版
立野信之　黒い花　新潮社　昭和三十年　初版
中里介山　旅と人生　隣人之友社　昭和十一年　初版
新田次郎　沼　東都書房　昭和三十五年　初版

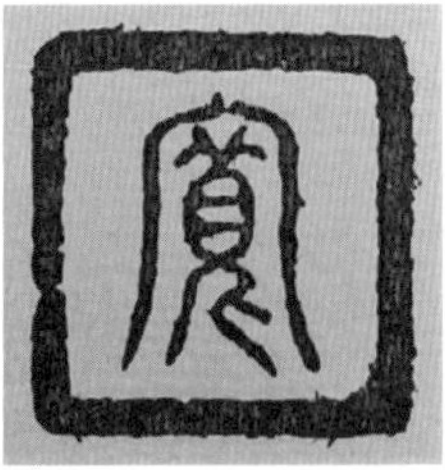

上から

吉川英治　吉川英治全集　講談社　昭和五十五年　印刷

海音寺潮五郎　悪人列傳　四　文藝春秋新社　昭和三十七年十二月　初版　印刷

子母澤 寛　子母澤寛全集一　中央公論社　昭和三十七年　初版　印刷

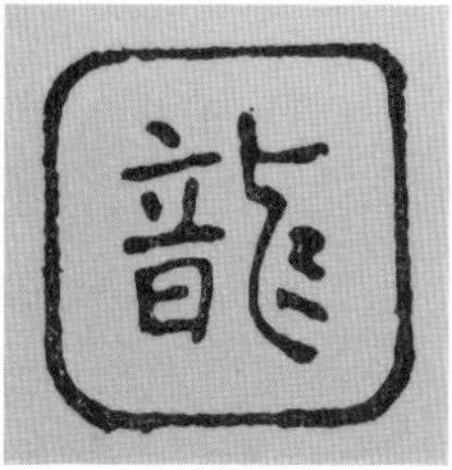

上から
永井龍男　永井龍男全集　第十一巻　講談社　昭和五十七年　初版　印刷
福原麟太郎　昔の町にて　垂水書房　昭和三十六年　初版
福田恆存　私の恋愛教室　新潮社　昭和三十四年　初版　印刷

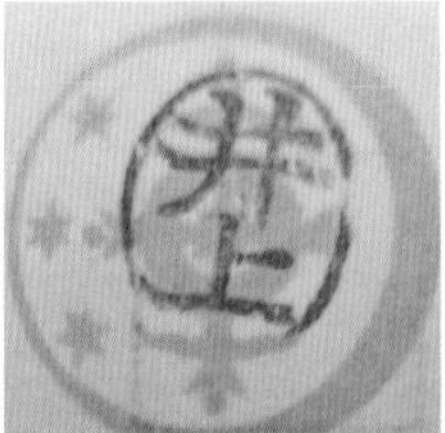

右上から

高濱虚子　虚子俳話　東都書房　昭和三十三年　初版

薄田泣菫　樹下石上　創元社　昭和六年　七刷

井上靖　氷壁　新潮社　昭和三十二年　三刷

直木三十五　直木三十五随筆集　中央公論社　昭和九年　初版

幸田露伴　幻談　日本評論社　昭和十六年　初版

嘉村礒多　嘉村礒多全集　上巻　南雲堂桜楓社　昭和三十五年　初版

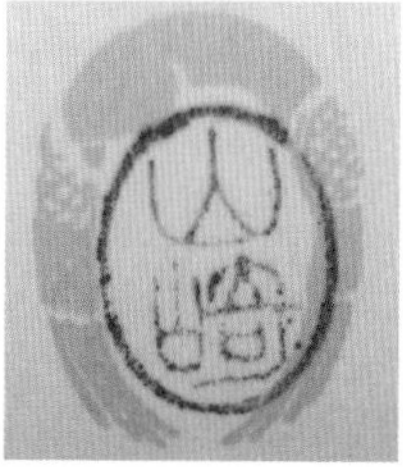

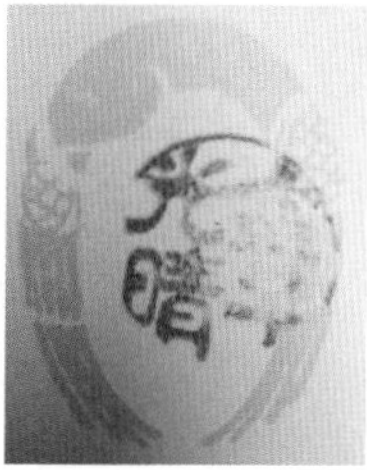

右上から

正宗白鳥　人生恐怖圖　河出書房新社　昭和三十七年　初版

牧野信一　牧野信一全集　第一巻　人文書院　昭和三十七年　初版

金子光晴　詩集　人間の悲劇　創元社　昭和二十七年

内田魯庵　紙魚繁昌記　書物展望社　昭和七年　初版

金田一京助　北の人　青磁社　昭和十七年　初版

山崎豊子　暖簾　創元社　昭和三十二年　初版

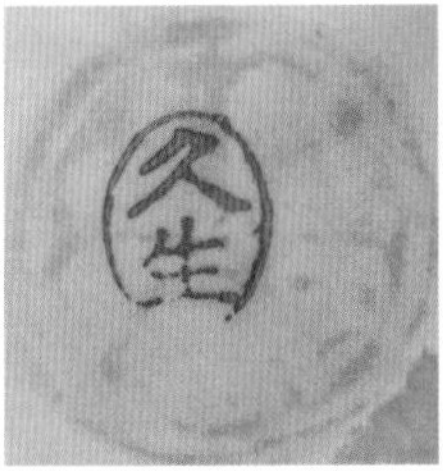

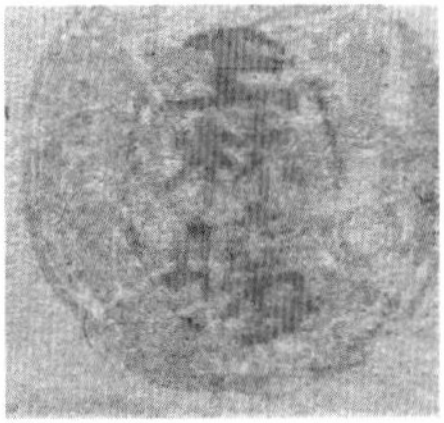

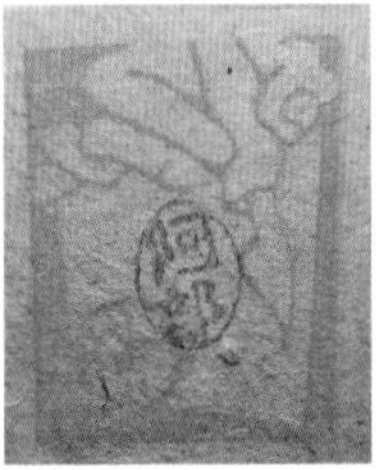

右上から

松本清張　黒い画集（第三集）　光文社　昭和三十五年　初版

久生十蘭　肌色の月　中央公論社　昭和三十二年　初版

上林　暁　病妻物語　小山書店　昭和二十三年　初版

安倍能成　静夜集　岩波書店　昭和十四年　四刷

田宮虎彦　黄山瀬　光文社　昭和三十四年　初版

阿部次郎　北郊雑記　改造社　昭和二十四年　初版

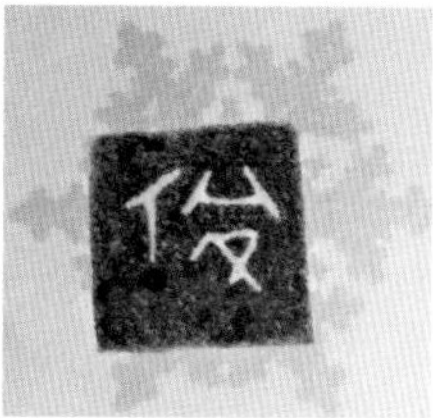

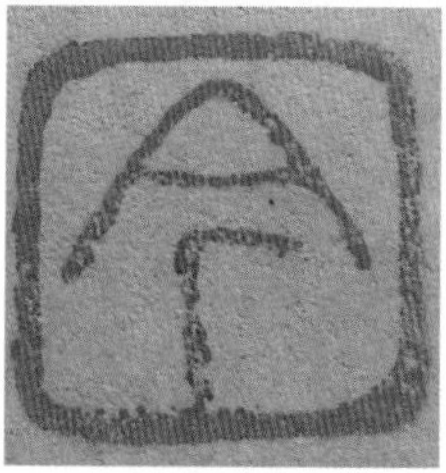

右上から

三浦朱門　地図の中の顔　講談社　昭和三十四年　初版

石川達三　風にそよぐ葦（後編）　新潮社　昭和二十六年　初版

尾崎士郎　尾崎士郎全集　講談社　第十一巻　昭和四十一年十月　初版

谷川俊太郎　愛のパンセ　実業之日本社　昭和三十二年　二刷

今　日出海　山中放浪　日比谷出版社　昭和二十四年　初版

高見　順　高見順日記　第一巻　勁草書房　昭和四十年　初版

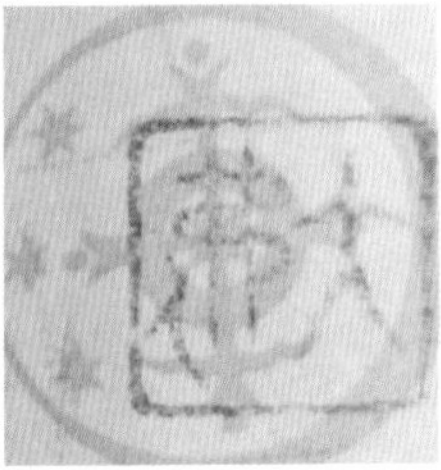

右上から
火野葦平　追放者　創元社　昭和二十六年　初版
荻原井泉水　一茶春秋　育英書院　昭和十三年　二刷
日夏耿之介　黄眠文學随筆　桃蹊書房　昭和十六年　初版
岡本綺堂　半七捕物帖（一）　青蛙房　昭和四十一年　初版
大佛次郎　風船　新潮社　昭和三十年　初版
安岡章太郎　海邊の光景　講談社　昭和三十四年　初版

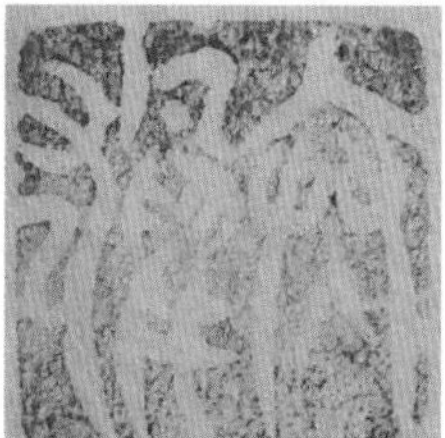

右上から
正岡子規　子規全集　改造社　昭和四年　初版
島木健作　随筆と小品　河出書房　昭和十四年　八刷
丹羽文雄　秋冷抄　砂子屋書房　昭和十五年　初版
和田芳恵　塵の中　光風社　昭和三十九年　四刷
土岐善麿　斜面逃禪記　光風社書店　昭和四十四年　初版
森田草平　夏目漱石　甲鳥書林　昭和十八年　四刷

永井荷風

一八七九―一九五九　東京生れ。外遊から帰国して『あめりか物語』『ふらんす物語』を発表。鷗外の推挙で慶應大学教授となり『三田文学』を創刊。その一方、花柳界に入りびたって『つゆのあとさき』『濹東綺譚』などを著す。江戸情趣と女性をこよなく愛した。

この状況でさまになるのはこの作家しかいない。

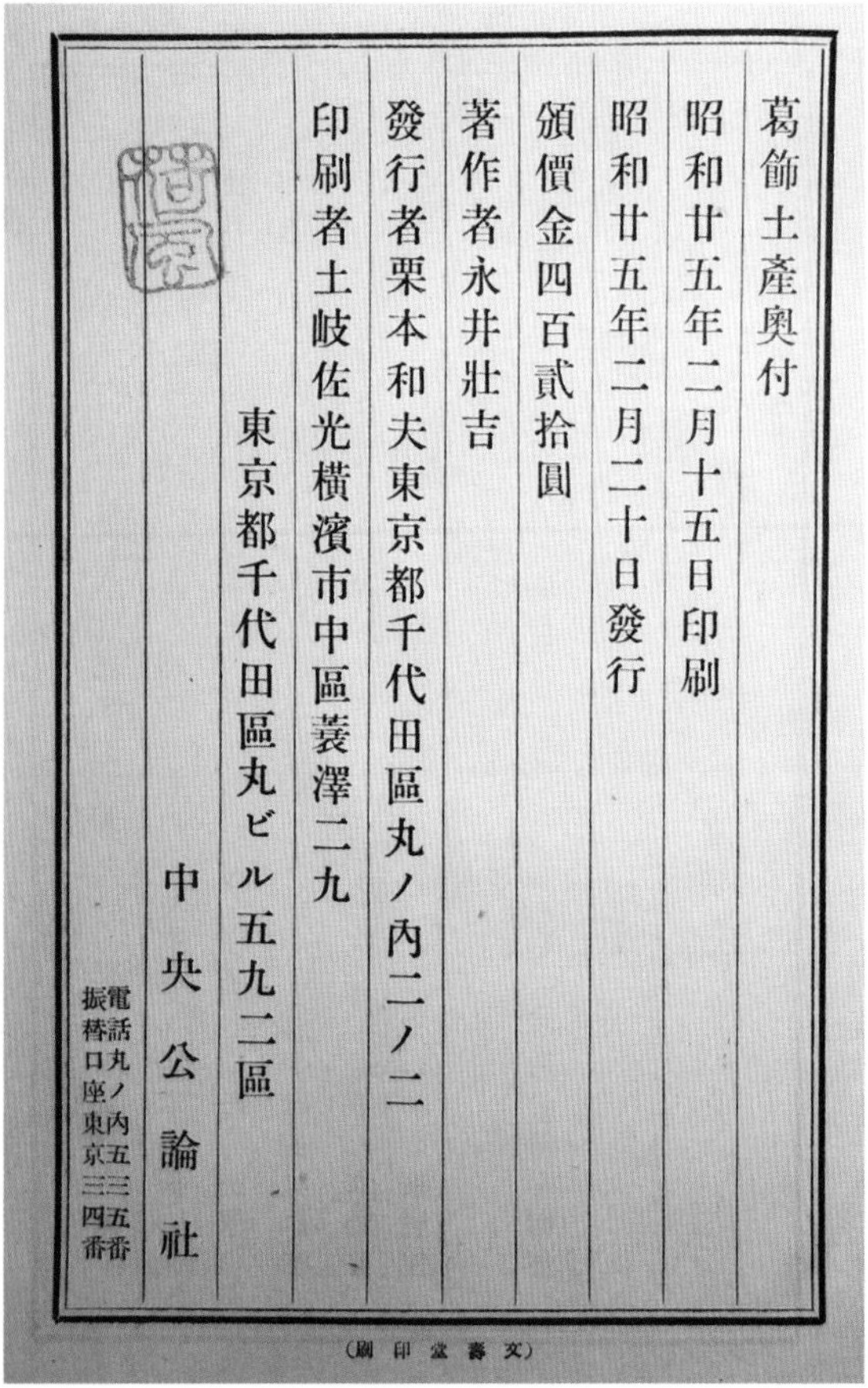

葛飾土産奥付

昭和廿五年二月十五日印刷

昭和廿五年二月二十日發行

頒價金四百貳拾圓

著作者永井壯吉

發行者栗本和夫東京都千代田區丸ノ内二ノ二

印刷者土岐佐光横濱市中區蓑澤二九

東京都千代田區丸ビル五九二區

中央公論社

電話丸ノ内五三五番

振替口座東京三三四番

（文壽堂印刷）

葛飾土産　中央公論社　昭和二十五年　初版

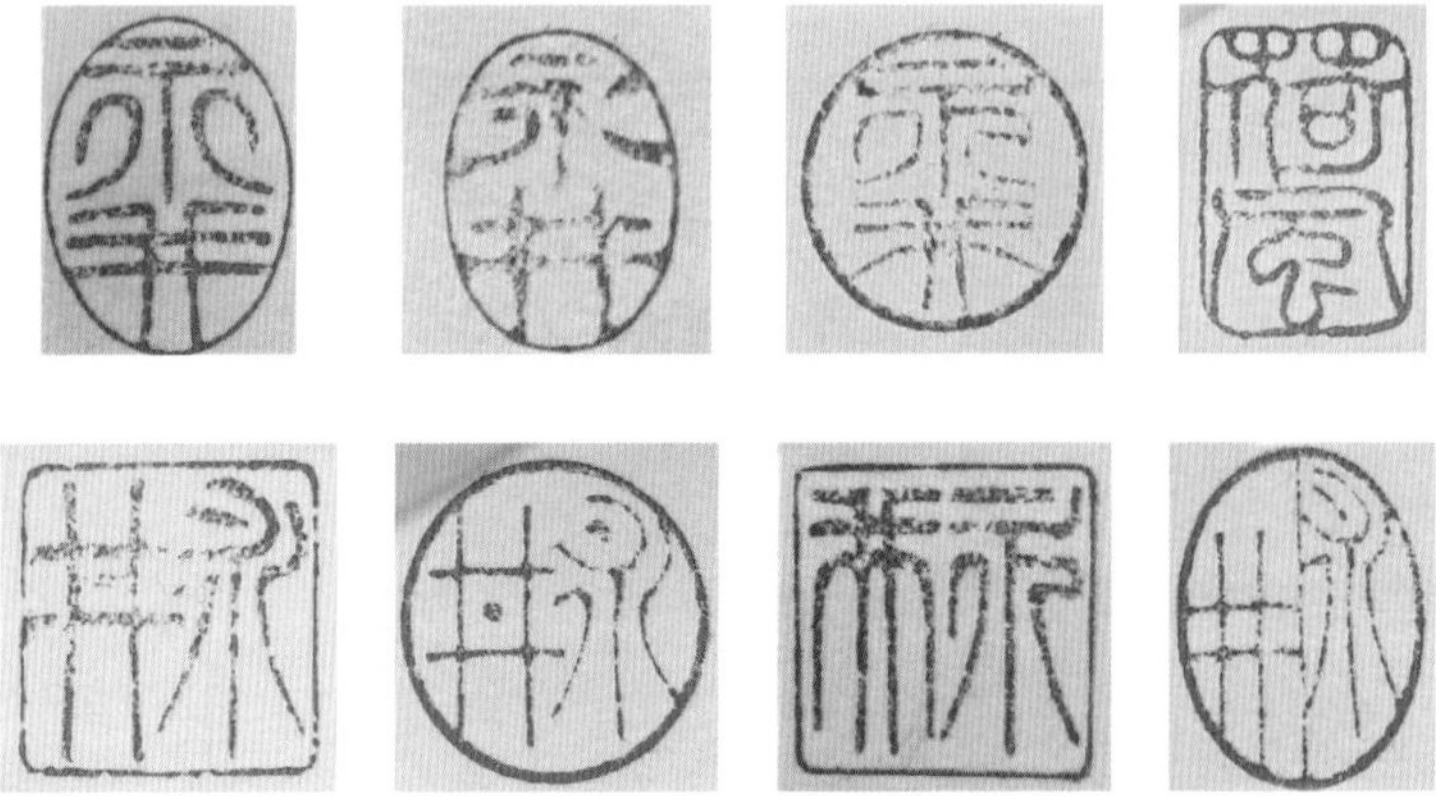

鷗外を慕った永井荷風

荷風は極めて人付き合いの下手な人間だったが、ひとり鷗外だけは「文学上の師」として慕い、生涯崇敬し続けた。

鷗外もまた、自分より十七歳若い荷風の実力を認め、明治四十三年には慶應義塾大学文学部の教授に推挙するともに、荷風が主宰する雑誌『三田文学』を後押しした。鷗外没後には、荷風は全集の刊行に全面協力した。

「文学者にならうと思つたら大学などに入る必要はない。鷗外全集と辞書の言海とを毎日時間を決めて三四年繰返して読めばいゝと思つて居ります。」

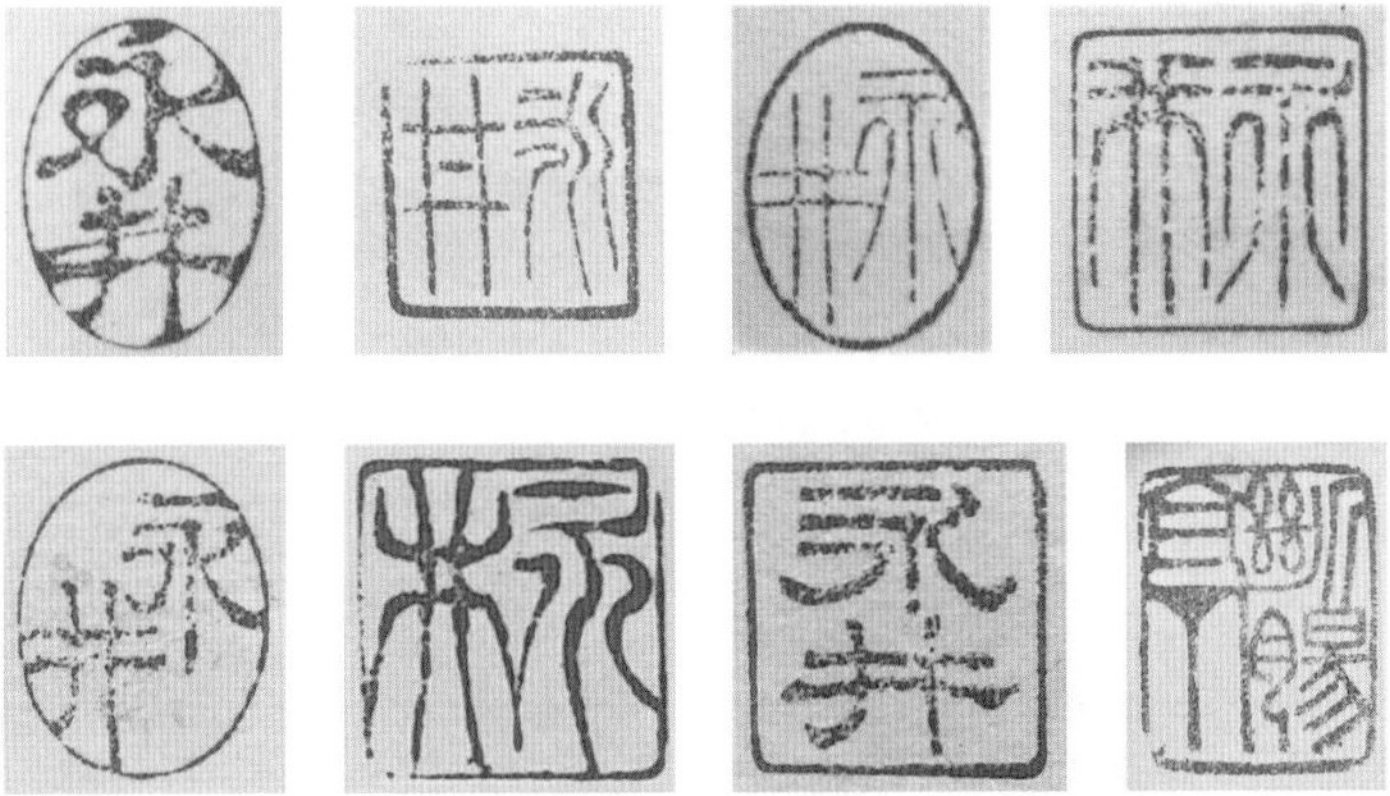

（永井荷風『鷗外全集を読む』）

生涯繰り返し繰り返し鷗外作品を読み続けた荷風の死の床には、数冊の本とともに鷗外の『澁江抽齋』が開かれていたという。

さまで慕った鷗外が印章を愛玩していたのに倣ったのか、荷風もまた多数の印章を使い分けて楽しんでいるさまが実に微笑ましい。

永井荷風はまた、自身で篆刻を楽しんでいたようで、『断腸亭日乗』の大正十四年一月二十二日には「戯に石印二三顆を篆刻す」と記している。

印影はすべて荷風全集　岩波書店より。巻数を表記。
上段右から一、三、四、十、十一、十二、十三、十四。
下段十五、十六、十七、十八、十九、二十六、二十七、二十九。

谷崎潤一郎

一八八六—一九六五　東京生れ。東京帝国大学国文科中退。在学中より創作を始め、同人雑誌『新思潮』に発表した『刺青』が注目を浴びる。『痴人の愛』『春琴抄』『卍』『細雪』『陰翳禮讃』など数多くの作品を発表。海外でも高い評価を受けた。

谷崎潤一郎全集　中央公論社
昭和四十二年　初版

京都の自宅の書斎にて。昭和二十九年五月。

陰翳禮讃　昭和十六年　創元社　二十六刷

谷崎が荷風に贈った「断腸亭」

谷崎は若き日より敬愛する永井荷風に色紙への揮毫を頼んだことがある。それに対し、荷風は快く二枚の色紙を送った。そのお礼のしるしとして谷崎が贈ったのが五十七ページにある「断腸亭」の印章なのである。

谷崎が荷風に送った礼状が残されている。

〈實は御禮の志るし迄に印章一顆御笑覧に供し度と存じ断腸亭の三字を選び北京の金禹民君に依嘱致候處それも出來て參り……〉

谷崎は荷風のために、わざわざ北京で逸品をあつらえたのである。

台所太平記　中央公論社　昭和三十八年　初版

しかし、昭和二十年三月の東京大空襲で、荷風の偏奇館は全焼。荷風は身一つで逃げ延び、膨大な量の蔵書などすべてが灰燼に帰した。

　ところが、翌三月十一日、焼け跡の中から奇跡的にこの印章が見つかったのである。『断腸亭日乗』昭和二十年三月十一日の条に荷風が書いている。〈五叟の子灰の中より掘り出せしものを示す。手にとりて見るに、曽て谷崎君贈るところの断腸亭の印、楽焼の茶碗に先考の賞雨茅屋と題せしもの、また鷲津毅堂先生の日常手にせられし煙管なり。罹災の紀念此に如くべきものなし。此の三品いづれもいさゝかの破損なきは奇なりと謂ふべし。〉

泉 鏡花

一八七三—一九三九　金沢生れ。小説家を志して上京。尾崎紅葉に師事し、川上眉山とともに観念小説の代表作家となる。が、『高野聖』に代表されるような幻想的、浪漫的な作風に転じ、文壇に独自の存在を示した。代表作に『婦系図』『歌行灯』など。

鏡花全集　第一巻　岩波書店
昭和十七年　初版

63　泉 鏡花

野村胡堂

一八八二—一九六三　岩手生れ。学資が続かず、東京帝国大学法科中退。報知新聞に入社し、社会部長、文芸部長を歴任。一九三一年『文藝春秋オール讀物號』創刊号に『銭形平次捕物控』の第一作目を発表。以来二十六年間シリーズを書き続けた。

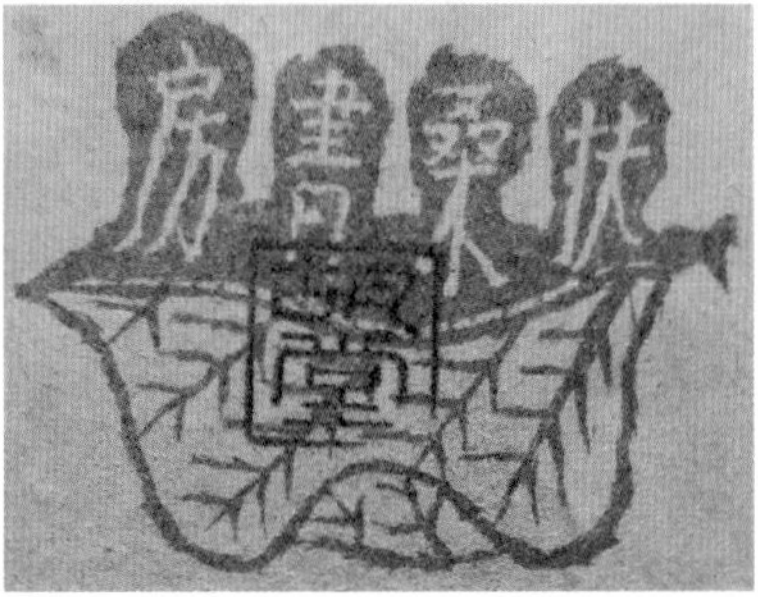

新奇談クラブ　扶桑書房
昭和二十二年　初版

木下杢太郎

一八八五―一九四五　静岡生れ。東京帝国大学医学科卒。在学中より与謝野鉄幹の新詩社に入り、北原白秋と「パンの会」を結成。小説、戯曲を発表、耽美派の代表作家となるがフランス留学後、医学の世界に専念。真菌の研究でレジオン・ドヌール勲章を受章。

賣りに出た首　角川書店
昭和二十四年　初版

齋藤茂吉

一八八二―一九五三　山形生れ。東京大学医学部を卒業して精神科医に。伊藤左千夫に師事し、『アララギ』のもと、島木赤彦らと歌風を確立した。歌集『赤光』は青春の詩として広く読まれた。代表的作品には『あらたま』『寒雲』『白き山』『ともしび』など。

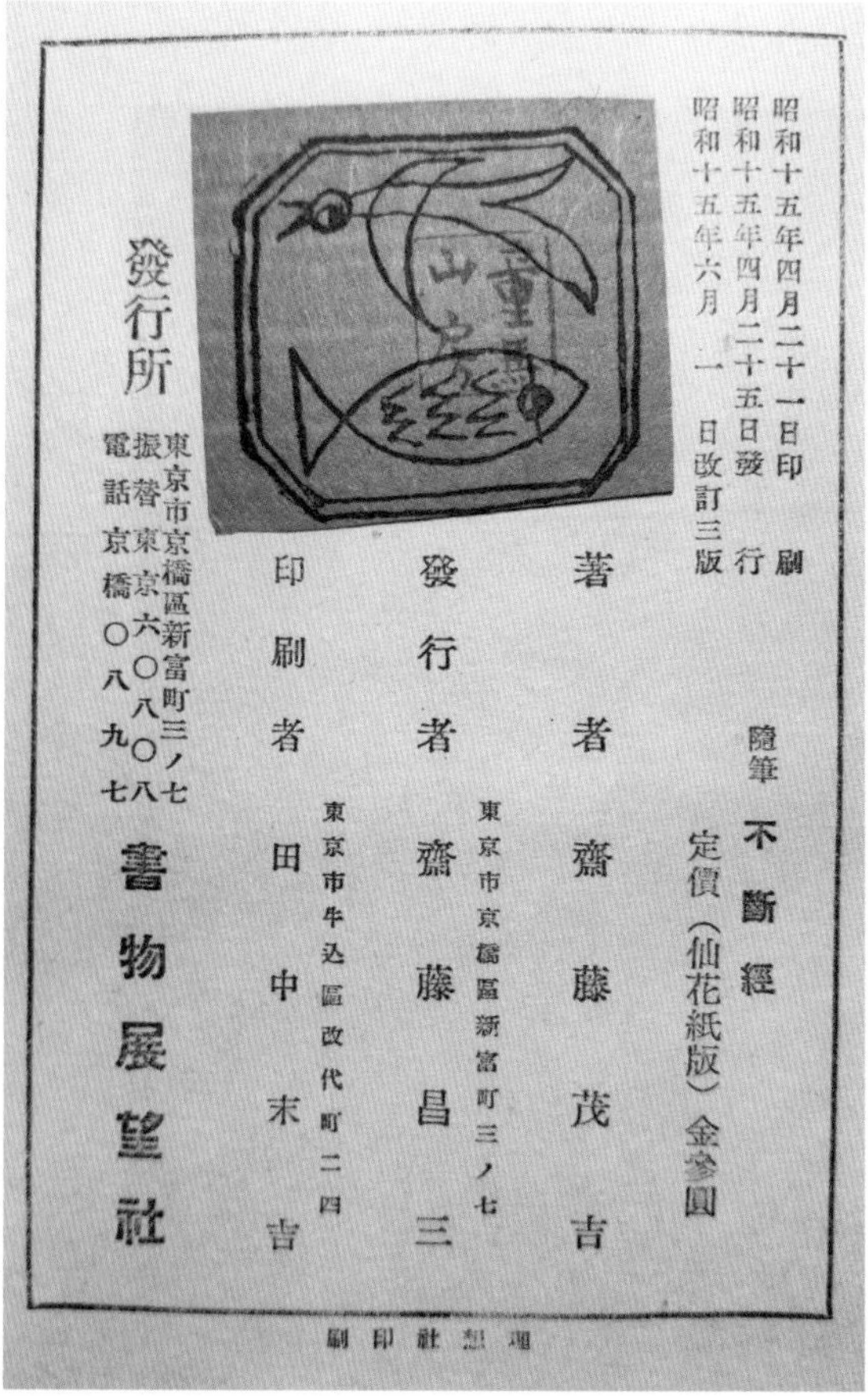

昭和十五年四月二十一日印刷
昭和十五年四月二十五日發行
昭和十五年六月　一　日改訂三版

隨筆　不斷經

定價（仙花紙版）金參圓

著者　齋藤茂吉

東京市京橋區新富町三ノ七

發行者　齋藤昌三

東京市牛込區改代町二四

印刷者　田中末吉

發行所
東京市京橋區新富町三ノ七
振替東京六〇八〇八
電話京橋〇八九七
書物展望社

理想社印刷

不斷經　書物展望社　昭和十五年　三刷

高村光太郎

一八八三―一九五六　東京生れ。高村光雲の長男。東京美術学校在学中より『明星』『スバル』に短歌を発表。欧米に留学、ロダンの影響を受ける。彫刻、絵画制作を行いながら詩作のほか、欧米の芸術思潮を紹介。代表作に詩集『道程』『智恵子抄』など。

真偽不明の話ではあるが

途方もない話を稲垣足穂が書いている。知り合いが浣腸をしたところ、回虫が塊になって出てきたんだという。〈こんな折、その五、六匹の回虫をざっとお湯に通して、丼の中へ入れ、酢か醤油を掛けて、うどんに見立てて食べてみたらどんなものか？　実際にそんなご仁が居る。有名な高村光太郎である。彼が疎開先から帰京して中野桃園町に住んでいた時で、田舎では何しろ手づくりの菜食だったから、大きな奴が湧いていたのである。光太郎の口の中からその特大が飛び出した。こいつが、こいつ奴が、この食料不足の折柄、俺のせっかくの栄養分を横取りしていたのだと、詩人は大いに憤って、その太い回虫をくちゃくちゃ、にちゃにちゃと食べてしまった。人からの又聞きであるが、この話を耳にして、私は高村光太郎にすっかり愛想が尽きた。〉（『単３乾電池』）

嘘か真か、真偽不明であるが、この話のあとで印影を眺めると、なんだか凄みが増してくるような……。

山の四季
中央公論社
昭和三十一年　初版

久保田万太郎

一八八九―一九六三　東京生れ。慶應義塾大学文科卒業。『三田文学』を舞台に作家デビュー。下町の生活と情緒を愛し、好んで市井の人々の哀歓を描いた。また江戸趣味の俳句をよみ、俳句誌『春燈』を主宰。演出家としても活躍、放送演劇にも尽力した。

愛猫トラと一緒に、自宅の居間兼書斎で。
昭和二十八年。

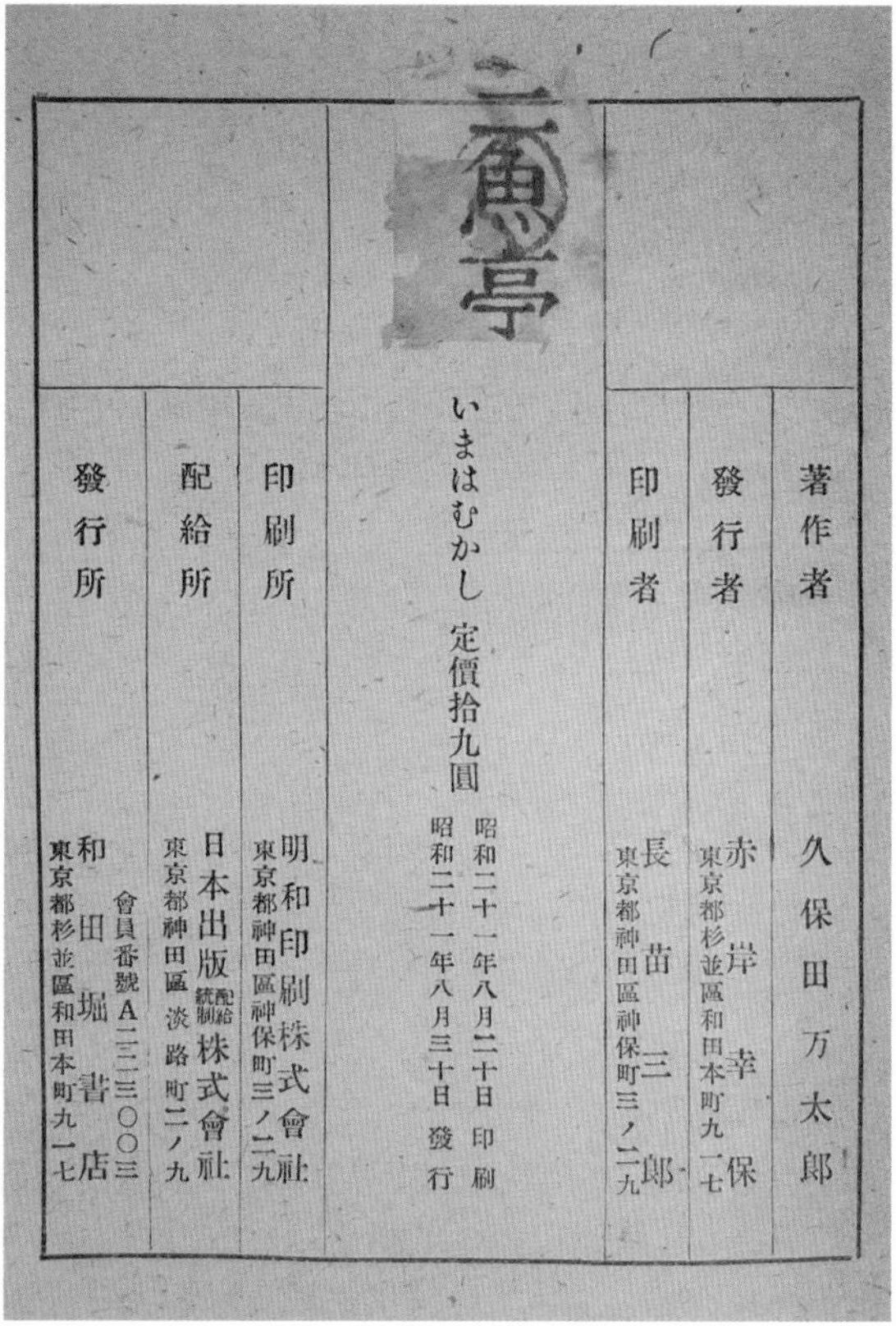

著作者　久保田万太郎

發行者　赤岸幸保
東京都杉並區和田本町九ノ一七

印刷者　長苗三郎
東京都神田區神保町三ノ二九

いまはむかし　定價拾九圓

昭和二十一年八月二十日　印刷
昭和二十一年八月三十日　發行

印刷所　明和印刷株式會社
東京都神田區神保町三ノ二九

配給所　日本出版配給統制株式會社
東京都神田區淡路町二ノ九

發行所　和田堀書店
會員番號A二二三〇〇三
東京都杉並區和田本町九ノ一七

いまはむかし　和田堀書店　昭和二十一年　初版

稲垣足穂

一九〇〇—一九七七　大阪生れ。佐藤春夫に弟子入り、処女小品集『一千一秒物語』を出版。宇宙、飛行機、機械への偏愛をもち独特の美学を確立。アルコールとニコチンの中毒で一時執筆不能に陥るも『A感覚とV感覚』や『少年愛の美学』で復活する。

ヴァニラとマニラ　仮面社
昭和四十四年　初版

昭和四十七年夏。『文藝春秋』の「日本の顔」にこの格好で登場。

横光利一

一八九八—一九四七　福島生れ。早大中退。川端康成らと『文藝時代』を創刊、新感覚派の旗手に。のち新心理主義に転じて『機械』を、また、純文学と通俗小説の融合をとなえ『純粋小説論』を発表。渡欧をきっかけに長編『旅愁』にとりかかるも、未完のまま死去。

横光利一全集　第一巻　改造社
昭和二十三年　初版

林 芙美子

一九〇三―一九五一　山口生れ。不遇な少女時代を送り、各地を転々とする。愛人を頼って上京後、アナーキストの詩人や作家の影響を受け、自伝的小説『放浪記』を発表。ベストセラーとなる。ホッペタをくっつけているのは田村泰次郎。東京劇場にて。

随筆　秩父書房
昭和十六年　十六刷

武田泰淳

一九一二—一九七六　東京生れ。東京帝国大学支那文学科中退。中国で戦場を体験。上海で敗戦を迎える。帰国後『蝮のすゑ』を書いて戦後派作家のひとりに。以後『異形の者』『風媒花』『ひかりごけ』『快楽』『富士』と人間存在の暗部をえぐる作品を発表。

人間・文學・歴史　厚文社　昭和二十九年　初版

文藝春秋が銀座にあったころ、屋上で撮影。

中原中也

一九〇七―一九三七　山口生れ。東京外国語学校卒。高橋新吉の影響で詩作へ。富永太郎、小林秀雄らと交わりながら、フランス象徴派詩人の影響を強く受けた。結核性脳膜炎で三十歳で没する。死後、『山羊の歌』『在りし日の歌』などが注目を集めた。

中原中也全集　角川書店
昭和四十三年　初版

織田作之助

一九一三―一九四七　大阪生れ。同人雑誌『海風』に発表した『夫婦善哉』で新進作家としての地位を確立、戦後の大阪を描いた小説『世相』『競馬』などで坂口安吾、太宰治と並ぶ人気作家になった。が、「読売新聞」に『土曜夫人』を連載中に喀血して急死。

織田作之助選集　第二巻　中央公論社
昭和二十三年　二刷

夏目漱石

一八六七―一九一六　東京生れ。帝国大学（のちの東京帝国大学）英文科に学ぶ。明治末期から大正初期にかけて活躍した近代日本文学を代表する作家。本名は夏目金之助。代表作は『吾輩は猫である』『坊っちゃん』『三四郎』『それから』『こゝろ』『明暗』など。

漾虚碧堂と彫られている。下の写真がその印章。木製。

大正六年、篆刻家・八幡郊処が制作と記されている。

81　夏目漱石

漱石枕流

漾虚碧堂

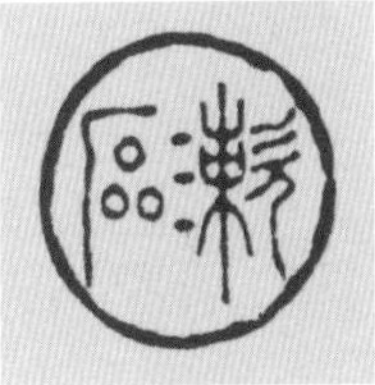

漱石

夏目漱石の五十八顆の印章

これほど印章を好んだ作家は他にいないのではないか。

一九九九年に漱石遺族より神奈川近代文学館に寄贈された落款印や蔵書印などの印章は実に五十八顆にも及ぶ。

二〇〇七年にその五十八種の印影を収めた『夏目漱石落款集成』なる本が刊行されたが、同書には漱石の篆刻への偏愛ぶりが溢れている。近代の文人にとって書画は欠くべからざる教養で、落款印は必需品でもあったろう。「落款」は「落成款識」、つまり単に作者名を明らかにするだけではなく、印を捺すことによって初めて作品が完成

夏目金印

漱石山房

する、という意味をも持つ。勢い、そこに作家の個性や美意識が込められ、雅趣豊かな印影が好まれるようにもなったわけである。

一八九六年十一月に漱石が正岡子規に宛てた書簡によって、前頁に掲げた「漾虚碧堂」の印は「春山畳乱青。春水漾虚碧」という禅句から採ったものであり、伊底居士という禅僧が彫ったものであることが分かっている。

一九一〇年夏、「修善寺の大患」と呼ばれ、漱石は血を吐いて生死をさまようことがあったが、その病床日記で〈『蘇氏印譜《ママ》』を見たくなる。〉と書いている。

印章がどれほど好きだったことか。

島崎藤村

一八七二―一九四三　長野生れ。北村透谷らと『文學界』を創刊。浪漫主義文学に傾倒する。詩集『若菜集』で注目を浴びたが小説に転じ、『破戒』により自然主義文学の先駆となる。『新生』を経て、『夜明け前』の大作を完成。『東方の門』を未完のまま死去。

島崎藤村全集　第一巻　新潮社
昭和二十五年　初版

大正元年冬、浅草新片町の家で。

室生犀星

一八八九―一九六二　金沢生れ。小学校高等科中退。苦難に満ちた幼少期を送る。北原白秋や萩原朔太郎と知り合い、作家生活に。『愛の詩集』『抒情小曲集』で注目される。その後、小説も発表。『性に眼覚める頃』『あにいもうと』『杏っ子』などの佳作を残した。

右上より時計回りに●室生犀星全集
新潮社　第一巻　昭和四十年　二刷
●同　第十巻　昭和三十九年　初版
●同　第七巻　昭和三十九年　初版
●同第五巻　昭和四十年　初版

大田区馬込で、家族と一緒にくつろぐ。

岡本かの子

一八八九―一九三九　東京生れ。與謝野晶子に師事して短歌を発表。二十二歳で岡本一平と結婚したが性格が合わずに悩み続け仏教の世界へ。「青鞜」に参加。一家でパリに行き帰国後、小説『鶴は病みき』『母子叙情』『老妓抄』などを発表。岡本太郎の母。

池に向ひて　古今書院
昭和十五年　初版

左右社
図書目録

ご注文は全国の書店、オンライン書店もしくは、直接小社まで　2021年10月

〒151-0051　東京都渋谷区千駄ヶ谷3-55-12　ヴィラパルテノンB1
TEL: 03-5786-6030（代表）　FAX: 03-5786-6032　Email: info@sayusha.com

時子山ひろみ『安全で良質な食生活を手に入れる　フードシステム入門』〈018〉
本体1700円+税　ISBN978-4-903500-72-0

西部邁『西部邁の経済思想入門』〈019〉
本体1700円+税　ISBN978-4-903500-77-5

秋田喜代美『学びの心理学　授業をデザインする』〈020〉
本体1600円+税　ISBN978-4-903500-85-0

平井聖『日本人の住まいと住まい方』〈021〉
本体1800円+税　ISBN978-4-903500-89-8

大久保孝治
『日常生活の探究　ライフスタイルの社会学』〈022〉
本体1600円+税　ISBN978-4-903500-92-8

金子務
『宇宙像の変遷　古代神話からヒッグス粒子まで』〈023〉
本体1900円+税　ISBN978-4-903500-60-7

木村龍治『変化する地球環境　異常気象を理解する』〈024〉
本体1700円+税　ISBN978-4-903500-74-4

鮎川潤『少年非行　社会はどう処遇しているか』〈025〉
本体1800円+税　ISBN978-4-86528-104-0

大村敦志『家族と法　比較家族法への招待』〈026〉
本体1800円+税　ISBN978-4-86528-116-3

青山昌文『芸術は世界の力である』〈027〉
本体1900円+税　ISBN978-4-86528117-0

佐藤幸治『立憲主義について　成立過程と現代』〈028〉
本体1800円+税　ISBN978-4-86528-113-2

西川泰夫『心をめぐるパラダイム　人工知能はいかに可能か』〈029〉
本体1800円+税　ISBN978-4-86528-126-2

濱田嘉昭『科学の考え方　論理・作法・技術』〈030〉
本体1800円+税　ISBN978-4-86528-128-6

◎大澤真幸 THINKING「O」

大澤真幸・中村哲
特集「連帯のあたらしいかたち〈ランダムな線〉」〈創刊号〉
本体1000円+税　ISBN978-4-903500-27-0

大澤真幸・姜尚中・小木郁夫
特集「民主党よ、政権交代に託した夢を手放すな」〈第2号〉
本体1000円+税　ISBN978-4-903500-28-7

大澤真幸・四宮啓・河野義行
特集「民主革命としての裁判員制度」〈第3号〉
本体1000円+税　ISBN978-4-903500-31-7

大澤真幸・辻井喬
特集「もうひとつの『1Q84』」〈第4号〉
本体1000円+税　ISBN978-4-903500-36-2

大澤真幸・茂木健一郎
特集「脳はひとつの〈社会〉である」〈第5号〉
本体1000円+税　ISBN978-4-903500-37-9

大澤真幸・鷲田清一
特集「生きることを哲学する」〈第6号〉
本体1000円+税　ISBN978-4-903500-38-6

大澤真幸・角田光代・森達也
特集「「人生という物語」の呪縛から逃れて」〈第7号〉
本体1000円+税　ISBN978-4-903500-39-3

大澤真幸・宮台真司
特集「「正義」について論じます」〈第8号〉
本体1000円+税　ISBN978-4-903500-40-9

大澤真幸・佐伯啓思・高澤秀次
特集「天皇の謎を解きます」
本体1000円+税　ISBN978-4-903500-50-8

芸術・作品集・デザイン

アーツ前橋、萩原朔太郎記念・水と緑と詩のまち 前橋文学館監修『**ヒツクリコガツクリコ　ことばの生まれる場所**』　本体2200円＋税　ISBN978-4-86528-186-6

アーツ前橋編著『**横堀角次郎と仲間たち展　草土社の細密画から郷里赤城山の風景まで**』
本体1850円＋税　ISBN978-4-86528-191-0

ティム・インゴルド、石倉敏明、今井朋、白川昌生、管啓次郎、住友文彦、高山明、山田創平ほか『**表現の生態系**』
本体2200円＋税　ISBN978-4-86528-249-8

太田市美術館・図書館編『**HOME/TOWN**』
前野健太特別寄稿。開館３周年記念展「HOME/TOWN」展公式図録。本体1500円＋税　ISBN978-4-86528-012-8

森美術館監修
『**ARTISTS' COOKBOOK under Lockdown**』
艾未未、塩田千春など、世界各国のアーティストから寄せられた料理とレシピ。ロックダウン中の特別企画が待望の書籍化。　本体2500円＋税　ISBN978-4-86528-027-2

石川九楊『**石川九楊自伝図録　わが書を語る**』
書家石川九楊が語り下ろした、書に開眼してから今に至るまでの人生と作品。１２０点あまりの図版も収録。
本体3200円＋税　ISBN978-4-86528-244-3

建築

伊東豊雄『**冒険する建築**』
伊東豊雄のアイデアの源流を、詩的かつ平易な文章で綴る。
本体2500円＋税　ISBN978-4-86528-175-0

王昀・寧晶・曹汛『**中国庭園の世界**』
中国庭園の歴史と鑑賞法がわかる概論、歴史年表、写真集の３冊セット。
本体7500円＋税　ISBN978-4-86528-129-3

小沢明『**住まいが都市をつくる　モダニズム建築のアナザー・ストーリー**』
モダニズム建築の知られざる底流を明らかにする一冊。
本体2500円＋税　ISBN978-4-86528-250-4

長谷川逸子『**長谷川逸子の思考**』
「**第一部　アーキペラゴ・システム（１９９３－２０１６）**」
「**第二部　はらっぱの建築（１９８５－１９９２）**」
「**第三部　第２の自然**（**１９９３－２０１６**）」
「**第四部　ガランドウ・生活の装置（１９７２－１９８４）**」
本体各2700円＋税
ISBN978-4-86528-258-0,259-7,260-3,261-0
『**長谷川逸子の思考**』【**全４巻函入り特別付録付セット**】
本体10800円＋税　ISBN978-4-86528-228-3
隈研吾氏ら推薦。現代日本を代表する建築家・長谷川逸子の初期から現在までの思考を明らかにする著作集全４巻。

マーク・ラムスター　監修：横手義洋、翻訳：松井健太
『**評伝フィリップ・ジョンソン　20世紀建築の黒幕**』

人文学・歴史

一柳慧・坂本龍一・高橋悠治・谷川俊太郎・中沢けい・沼野充義・吉増剛造ほか『**高校生と考える希望のための教科書** 桐光学園大学訪問授業』
本体1600円＋税 ISBN978-4-86528-193-4

小野正嗣・加藤典洋・苅部直・佐伯啓思・竹宮惠子・田原総一朗ほか『**高校生と考える人生のすてきな大問題** 桐光学園大学訪問授業』
本体1700円＋税 ISBN978-4-86528-161-3

石川九楊・木村草太・隈研吾・千葉雅也・原武史・平田オリザほか『**高校生と考える世界とつながる生き方** 桐光学園大学訪問授業』
本体1600円＋税 ISBN978-4-86528-142-2

伊藤亜紗・多和田葉子・土井善晴・羽生善治・穂村弘ほか『**高校生と考える21世紀の論点** 桐光学園大学訪問授業』
本体1800円＋税 ISBN978-4-86528-229-0

会田誠・岸政彦・沢木耕太郎・出口治明・本郷和人ほか『**高校生と考える日本の論点2020‐2030** 桐光学園大学訪問授業』
本体1700円＋税 ISBN978-4-86528-271-9

荒原邦博『**プルースト、美術批評と横断線**』
本体6000円＋税 ISBN978-4-903500-97-3

石川九楊『**九楊先生の文字学入門**』
書字にも「主語」や「動詞」「述語」「形容詞」があった！
本体2963円＋税 ISBN978-4-86528-103-3

石橋正孝『**〈驚異の旅〉または出版をめぐる冒険 ジュール・ヴェルヌとピエール＝ジュール・エッツェル**』
本体4200円＋税 ISBN978-4-903500-90-4

レベッカ・ソルニット 翻訳：東辻賢治郎
『**私のいない部屋**』
「マンスプレイニング」を世に広めた新時代のフェミニズムを代表する作家ソルニット、待望の自叙伝！男たちに抗い、自分の声を持ち、なるべき私になるまでの物語。
本体2400円＋税 ISBN978-4-86528-046-3

コーリー・スタンパー 翻訳：鴻巣友季子、木下眞穂、手嶋由美子、竹内要江、井口富美子、ラッシャー貴子
『**ウェブスター辞書あるいは英語をめぐる冒険**』
池澤夏樹氏、阿部公彦氏推薦！米国最大の辞書の舞台裏。
定価2700円＋税 ISBN978-4-86528-256-6

エドワード・ツェ 翻訳：松本剛史
『**CHINA'S DISRUPTORS 中国の起業家たちがつくる新しいビジネスのルール**』
本体2200円＋税 ISBN978-4-86528-262-7

文芸・エッセイ・ノンフィクション

新井リオ
『**英語日記BOY 海外で夢を叶える英語勉強法**』
累計300万PV超えの英語学習ブログ待望の書籍化。カナダでデザイナーとして活躍する著者が身近なツールで今すぐにできる英語独学法を伝授。
本体1700円＋税 ISBN978-4-86528-263-4

青柳貴史『**硯の中の地球を歩く**』
常識はずれのエピソード満載の硯ハンター・ノンフィクション。
本体1600円＋税 ISBN978-4-8652

『肉食の哲学』

過激化するベジタリアン（ビーガン）の危うさを暴き、「肉食は我々の義務である」と語る刺激的な哲学エッセイ。

本体2200円＋税　ISBN978-4-86528-279-5

レベッカ・ソルニット　翻訳：東辻賢治郎
『ウォークス　歩くことの精神史』
〈歩くこと〉が思考と文化に深く結びつき、創造力の源泉であることを解き明かす、文筆家ソルニットの代表作。
本体4500円＋税　ISBN978-4-86528-138-5

レベッカ・ソルニット　翻訳：ハーン小路恭子
『説教したがる男たち』
今や辞書にも載った「マンスプレイニング（man と explain の合成語）」を世に広めた、今世紀のフェミニズムを牽引する書。
本体2400円＋税　ISBN978-4-86528-208-5

レベッカ・ソルニット　翻訳：東辻賢治郎
『迷うことについて』
著者自身の喪失と未知への跳躍を描きながら、迷うことの意味と恵みを探る傑作。〈紀伊國屋じんぶん大賞2019ランクイン〉本体2400円＋税　ISBN978-4-86528-234-4

レベッカ・ソルニット　翻訳：ハーン小路恭子
『わたしたちが沈黙させられるいくつかの問い』
ブレイディみかこさん推薦、待望の翻訳刊行！　近年のフェミニズムの大きな動きのなかで綴られた、沈黙と声をあげることをめぐるエッセイ集。
本体2200円＋税　ISBN978-4-86528-010-4

超パンクな「農のひとびと」ノンフィクション
本体1700円＋税　ISBN978-4-86528-288-7

栗下直也**『人生で大切なことは泥酔から学んだ』**
福澤諭吉、平塚らいてう、小林秀雄、太宰治、原節子など名だたる偉人たちの爆笑泥酔エピソード27話。
本体1800円＋税　ISBN978-4-86528-239-9

鴻巣友季子　ゲスト：奥泉光・円城塔・角田光代・水村美苗・星野智幸**『翻訳問答2　創作のヒミツ』**
『吾輩は猫である』『竹取物語』『雪女』など英訳された日本の古典を再び日本に訳し戻すことで広がる物語と言葉の地平線。本体1700円＋税　ISBN978-4-86528-132-3

酒井信**『吉田修一論　現代小説の風土と訛り』**
ほぼ全作品を解説、小説の舞台マップ付き。
本体2300円＋税　ISBN978-4-86528-210-8

佐藤文香**『そんなことよりキスだった』**
短詩界のエースによる初めての恋愛小説集。
本体1600円＋税　ISBN978-4-86528-268-9

佐川光晴**『主夫になろうよ！』**
本体1700円＋税　ISBN978-4-86528-118-7

佐川光晴**『静かな夜』**
本体1600円＋税　ISBN978-4-903500-71-3

佐川光晴**『満天の花』**
末國善己氏推薦、好評新聞連載小説の書籍化。勝海舟と出会った青い目の少女が、自らの才で日本の歴史を大きく動かす！
本体2300円＋税　ISBN978-4-86528-026-5

映画「ハッピーアワー」テキスト集成』
いま世界から注目される映画作家・濱口竜介がカメラの性質と演技の本質を根源から問い直した一冊！
本体2500円＋税　ISBN978-4-86528-134-7

川路真瑳『宝塚受験　世界にひとつしかない夢』
宝塚受験生必読。トップスター含む180名のタカラジェンヌを指導した著者による、愛のある宝塚受験指南書。
本体1700円＋税　ISBN978-4-86528-266-5

天真みちる『こう見えて元タカラジェンヌです』
「宝塚に新ジャンルを築いた」と言われ、クセの強いおじさん役で唯一無二の存在感を発揮した名コメディエンヌによる、誰も知らない爆笑宝塚エッセイ！
本体1700円＋税　ISBN978-4-86528-013-5

コミック

大橋裕之、島田虎之介、テリー・ジョンスン、長崎訓子、グレアム・ミックニー、森泉岳士、山田参助、山本美希
『片岡義男　COMIC　SHOW』
実力派漫画家・イラストレーター8人が片岡義男の作品を漫画化。
本体2000円＋税　ISBN978-4-86528-252-8

いとうひでみ『class X』
新進気鋭のイラストレーターによる初の描き下ろしコミック！
本体1600円＋税　ISBN978-4-86528-264-1

国、インド、そして日本』〈005〉
本体1524円＋税　ISBN978-4-903500-15-7

渡邊二郎『自己を見つめる』〈006〉
本体1619円＋税　ISBN978-4-903500-17-1

柏倉康夫『私たちはメディアとどう向き合ってきたか　情報歴史学の新たなこころみ』〈007〉
本体1524円＋税　ISBN978-4-903500-22-5

杉村宏
『人間らしく生きる　現代の貧困とセーフティネット』〈008〉
本体1524円＋税　ISBN978-4-903500-25-6

香山壽夫『建築を愛する人の十二章』〈009〉
本体1524円＋税　ISBN978-4-903500-26-3

溝口雄三『〈中国思想〉再発見』〈010〉
本体1619円＋税　ISBN978-4-903500-29-4

佐藤学『教育の方法』〈011〉
本体1524円＋税　ISBN978-4-903500-34-8

橋本毅彦『〈科学の発想〉をたずねて　自然哲学から現代科学まで』〈012〉
本体1619円＋税　ISBN978-4-903500-42-3

岩田規久男『初歩から学ぶ金融の仕組み』〈013〉
本体1619円＋税　ISBN978-4-903500-46-1

竹中星郎『老いの心の十二章』〈014〉
本体1619円＋税　ISBN978-4-903500-48-5

木村三郎『西洋近代絵画の見方・学び方』〈015〉
本体2000円＋税　ISBN978-4-903500-63-8

竹内洋『学校と社会の現代史』〈016〉
本体1619円＋税　ISBN978-4-903500-64-5

小谷津孝明『〈こころ〉で視る・知る・理解する　認知心理学入門』〈017〉
本体1619円＋税　ISBN978-4-903500-68-3

本体1429円＋税　ISBN978-4-903500-16-4

◎名古屋造形大学

山本理顕責任編集**『都市美　創刊第1号』**
山本理顕、大澤真幸、木村草太、小熊英二、島薗進、武田徹などの豪華対談、論考を収録。
本体1500円＋税　ISBN978-4-86528-243-6

◎ROSE＊〈ローズプラスエクス〉

寺門孝之、町田康、若尾文子、しりあがり寿、荒井良二ほか
Vol.1 特集「美しい眼、覚醒時、魂は眼にある」
本体1429円＋税　ISBN978-4-903500-45-4

寺門孝之、町田康、若尾文子、しりあがり寿、荒井良二ほか
Vol.2 特集「幼な心」
本体1429円＋税　ISBN978-4-903500-58-4

寺門孝之、町田康、宇野亜喜良、しりあがり寿、荒井良二ほか
Vol.3 特集「天使！」
本体1700円＋税　ISBN978-4-903500-78-2

寺門孝之、町田康、宇野亜喜良、ミロコマチコほか
Vol.4 特集「動物たちはどこにいるのか？」
本体2000円＋税　ISBN978-4-903500-91-1

寺門孝之、町田康、宇野亜喜良、三宅純、周防義和ほか
Vol.5 特集「音楽が鳴っている」〈完結〉
本体2000円＋税　ISBN978-4-86528-110-1

左右社社名の由来　石川九楊

左は、手に工をもった形。工とは、憎や巫女が手にする呪具。
右は、手に𠙵《さい》をもった形。𠙵《さい》とは、祝祷を収める器。
左、右とも祈りの文字である。
その左と右の字が重ねられて「尋」という字が生れた。
近くに、遠くに、神の真意を尋ねるからである。
「祈り」から派生して、左、右とも「たすける」の意味がある。
また、二つの手を並べて、「友」の字は生れた。
友とともにあり、
つねに人間と社会の本意を尋ね求める出版活動を願って、
左右社と命名した。

左右社編集部編『〆切本』
漱石から清張、春樹、そして西加奈子まで90人の書き手による悶絶と歓喜の〆切話94篇。
本体2300円＋税　ISBN978-4-86528-153-8

左右社編集部編『〆切本2』
作家と〆切のアンソロジー待望の第2弾。バルザックから川上未映子まで。作家たちによる勇気と慟哭の80篇。
本体2300円＋税　ISBN978-4-86528-177-4

左右社編集部編『お金本』
累計5万部、話題の文豪アンソロジー第3弾。作家、実業家、ミュージシャンなどの生きるか死ぬかのお金話100篇。
本体2300円＋税　ISBN978-4-86528-251-1

左右社編集部編『仕事本』
タクシー運転手、介護士、ホストクラブ経営者から作家、落語家までコロナ禍で働く総勢77人の日記アンソロジー！
本体2000円＋税　ISBN978-4-86528-283-2

高橋輝次編著『タイトル読本』
堀口大學、田辺聖子、筒井康隆、恩田陸ら創作者たちのタイトルやその秘密を明かすエピソードを収録。
本体2000円＋税　ISBN978-4-903500-245-0

重金敦之『作家の食と酒と』
本体1800円＋税　ISBN978-4-903500-44-7

重金敦之『編集者の食と酒と』
本体1800円＋税　ISBN978-4-903500-62-1

重金敦之『愚者の説法　賢者のぼやき』
本体1800円＋税　ISBN978-4-903500-79-9

菅啓次郎『ストレンジオグラフィ　Strangeography』
批評文にして紀行。美しい文章で綴られ読書の快楽を堪能

短歌・俳句・川柳・詩

山田航編著
『桜前線開架宣言　Born after 1970　現代短歌日本代表』
雪舟えま、笹公人、木下龍也など若い才能が集う穂村弘以降の全貌を描き出す待望のアンソロジー！
本体2200円＋税　ISBN978-4-86528-133-0

瀬戸夏子編著
『はつなつみずうみ分光器　after 2000 現代短歌クロニクル』
評論や小説でも注目の歌人・瀬戸夏子が選んだ55の読むべき歌集でたどる最先端ガイドにして、待望の現代短歌クロニクル。
本体2200円＋税　ISBN978-4-86528-032-6

阿波野巧也『ビギナーズラック』
塔短歌新人賞・笹井宏之賞永井祐賞を受賞した著者待望の第一歌集。
本体1800円＋税　ISBN978-4-86528-280-1

近江瞬『歌集　飛び散れ、水たち』
塔新人賞受賞、故郷石巻で若手短歌集団を率いる歌人第一歌集。
本体1800円＋税　ISBN978-4-86528-274-0

工藤玲音『水中で口笛』
第165回芥川賞候補、注目の作家くどうれいんの待望の第一歌集！　天性のあかるさとポエジーを持つ歌から、316首を厳選。
本体1700円＋税　ISBN978-4-86528-024-1

鈴木晴香『心がめあて』
又吉直樹推薦！　第一歌集『夜にあやまってくれ』で鮮烈なデビューを果たした著者、待望の第二歌集。

與謝野晶子

一八七八―一九四二　大阪生れ。新詩社の社友となり『明星』に短歌を発表。来阪した鉄幹に恋に落ち、上京。離婚した鉄幹と結婚。その激しい恋心と若い女の官能をうたいあげた歌集『みだれ髪』は世間を驚倒させた。『新訳源氏物語』なども手掛けた。

日本文學選　みだれ髪　光文社
昭和二十二年

志賀直哉

一八八三―一九七一　宮城生れ。東京帝大英文科中退。武者小路実篤らと『白樺』を創刊、『網走まで』を発表。父との対立と和解を『大津順吉』『和解』で描くとともに、『城の崎にて』『小僧の神様』など短編の名作を数多く書き、小説の神様と呼ばれた。

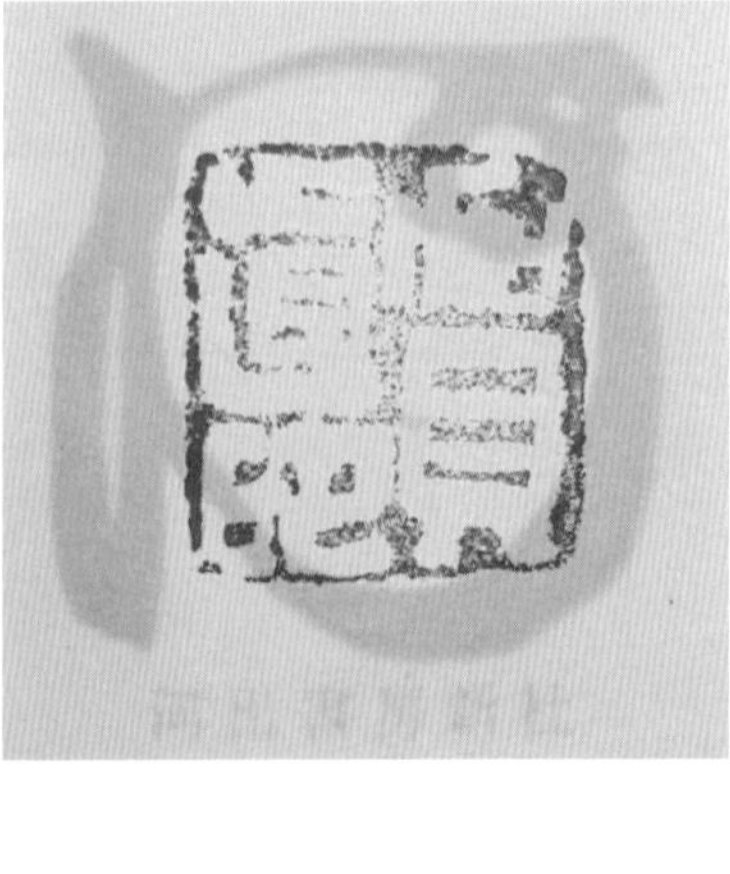

樹下美人　河出書房新社
昭和三十四年　初版

武者小路実篤

一八八五—一九七六　東京生れ。旧華族の家に生まれ青年時代トルストイに心酔。志賀直哉らと雑誌『白樺』を創刊。思想的指導者に。人道主義の実践として宮崎県に「新しき村」を開く。『お目出たき人』『友情』など小説作品は膨大。絵もよくした。

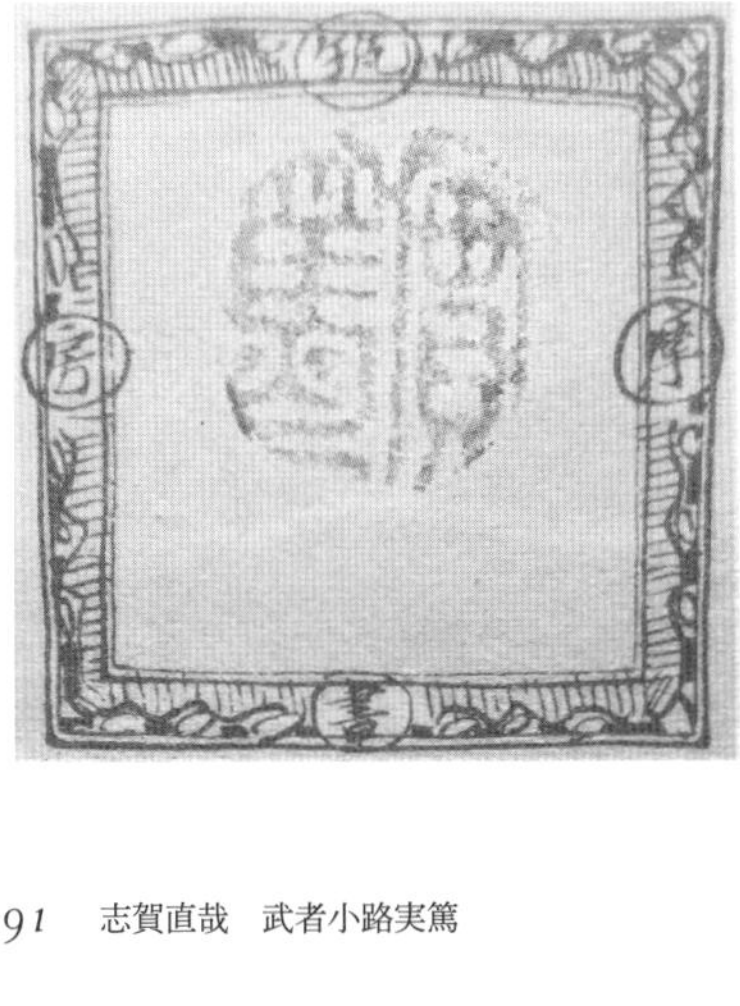

わが師わが友　筑摩書房
昭和十七年　初版

北原白秋

一八八五—一九四二　福岡生れ。早稲田大学英文中退。「パンの会」を起し、耽美的象徴詩集『邪宗門』を発表。また少年時代をうたった『思い出』などによって詩壇の第一人者に。詩、短歌、童謡、歌謡、民謡など幅広く活躍し、国民詩人として親しまれた。

橡　靖文社
昭和十九年　二刷

佐藤春夫

一八九二―一九六四　和歌山生れ。慶應大学文学部中退。若き日より文学を志す。谷崎潤一郎夫人の千代子と恋愛におちいる。三角関係の愛憎のなかで処女詩集『殉情詩集』を書き、『秋刀魚の歌』を発表。潤一郎と連名の挨拶状を出し千代子と結婚した。

詩文四季　雪華社
昭和三十九年　初版

宇野浩二

一八九一―一九六一　福岡生れ。早大英文科中退。廣津和郎の仲介で『蔵の中』を発表。『苦の世界』でも人間生活の悲惨と滑稽を饒舌体で軽妙に描いて認められた。一時精神に変調をきたしたが『枯木のある風景』で復帰。『思ひ川』で読売文学賞を受賞。

宇野浩二全集　第四巻　中央公論社
昭和四十三年　初版

國木田獨歩

一八七一―一九〇八　千葉・銚子生れ。早大英語科中退。日清戦争勃発とともに國民新聞社に入社、従軍記者として『愛弟通信』を書き注目される。小説『武蔵野』は自然、田園、山林への憧憬を込めた記念碑的作品。結核を患い若くして没した。

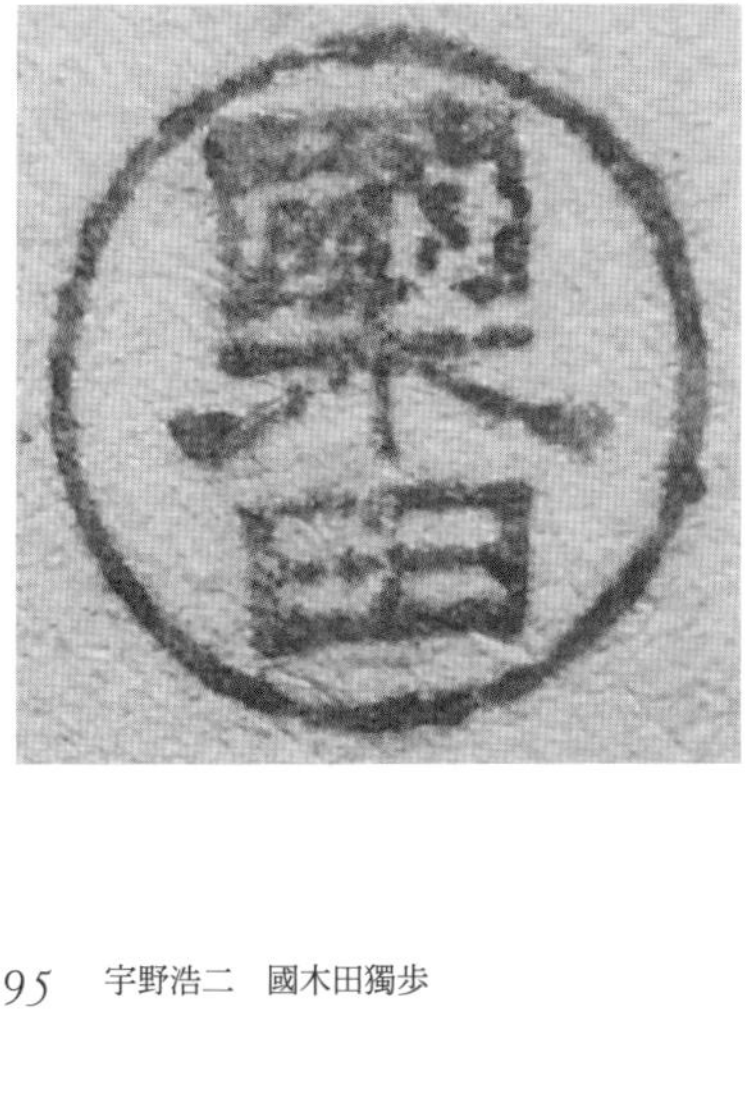

獨歩随筆集　随筆社
大正十三年　初版

井伏鱒二

一八九八―一九九三　広島生れ。早大英文科中退。短編『山椒魚』『屋根の上のサワン』など温かみある味わいで独自の世界を生み出した。『ジョン萬次郎漂流記』で直木賞受賞。原爆の悲惨を描いた『黒い雨』がある。旅と釣りと絵、将棋、酒を愛した。

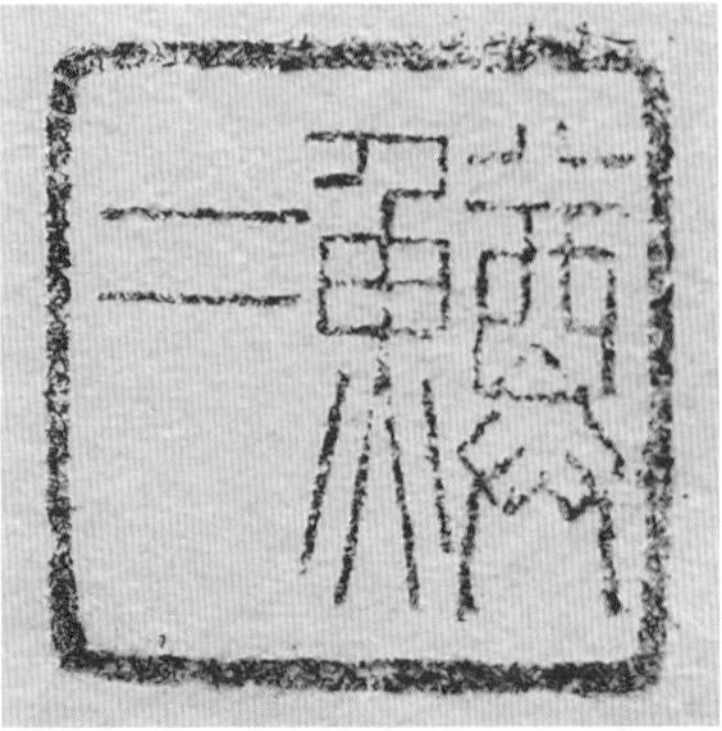

上から、井伏鱒二全集　筑摩書房　第二巻　昭和三十九年　初版
同　筑摩書房　第十二巻　昭和四十年　初版

井伏の杉並の自宅には作家たちがよく集まって遊んだ。昭和三十三年。

印表をじっくり味わおう

検印は、一般的に奥付と呼ばれるページに捺される。奥付とは書籍の最終ページにある著者名や出版社名を記したページのことだ。検印の方法には二通りあって、ひとつは奥付のページに直接印を捺す方法。もうひとつは、あらかじめ用意した切手のような小さな紙（太宰治をこれを印表と呼んでいた）に印を押し、その紙をペタペタと奥付に貼り付ける方法である。前者は、完成した本の奥付を開いて、そこに印を捺し、また閉じて次の本を、という作業が必要となり、小部数ならともかく、大部数になると、その手間と労力はまったく現実的ではない。だから印表を利用した後者がもっぱらとなった。丁寧な出版社は、印表を奥付に貼り、さらにその上に小さなパラフィン紙を貼った。朱色の印肉がページを汚さないようにとの配慮からである。

さて、作家たちが愛用した印影を眺めながら、その趣味とセンスを品定めしていただければと思うのだが、もうひとつ忘れてはならないのが印表のデザイン。

各出版社はこの小さな紙片に実に繊細な意匠をこらしている。

筑摩書房は四辺の中央に「筑」「摩」「書」「房」と、文藝春秋は四角のコーナーに「文」「藝」「春」「秋」と、ともに草書体で大人な雰囲気を醸し出している。楽しい印表も多い。河出書房新社は「河」の字の草書体を大きくデザインしているが、これが河豚に見えてしかたない。光風社はクジラに槍を持たせているようにしか見えないし、高陽社はチンパンジーが白熊のぬいぐるみを持っているように見える。青磁社は熊が万歳しているとしか思えないし、中央公論社はモナカの皮のでこぼこのようにもや～としている。

個人的に好きなのは青蛙房の立ち上がったカエルや、光文社の体育坐りの河童。改造社のペンをぎゅっと握った手のイラストもユーモラスで楽しい。

文士たちの印影の妙のみならず、出版各社のセンスをも楽しんでいただきたい。神は細部に宿る、である。

それにしても今ではもう存在しない出版社が多い。社名を見てもどんな出版社だったのかもはや想像することもできない。盛衰の激しい業界ということか。

最後に豆知識をふたつ。出版社が著者に支払う著作権使用料は、税金でもないのになぜ「印税」というのか？　これは実にたわいない。印表が収入印紙に似ていたから。チコちゃんも呆れる。

もうひとつ。私たちはハンコのことをよく「印鑑」と呼ぶが、これは正しくない。「印鑑」の「鑑」は「図鑑」などの「鑑」で「記録簿」の意味。わが国には実印などを役所に登録する「印鑑登録」という制度があるが、これは「印影」と「印章」の所有者を一致させるための制度。つまり自身の「印影」を役所に届け出て「印鑑」に記録してもらうのである。ところがいつの間にやら印章全般を「印鑑」と呼ぶようになり、だれも怪しまなくなったという次第。覚えておいて損はない。

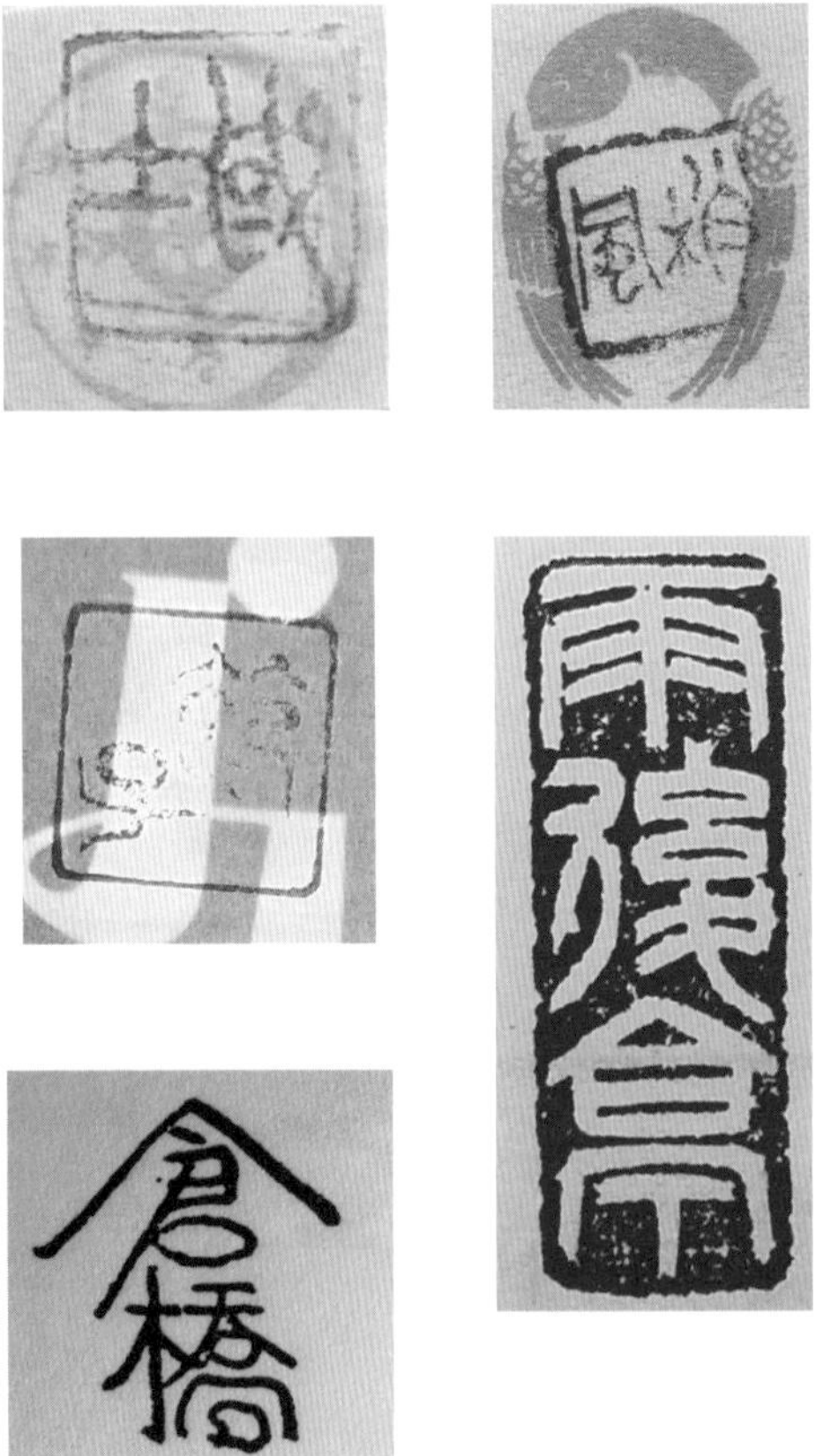

右上から
村松梢風　近代作家傳　創元社　昭和二十六年　初版
安藤鶴夫　雪まろげ　桃源社　昭和三十九年　初版
岸田國士　驟雨　新潮社　昭和三十一年　初版
津村節子　華燭　次元社　昭和三十四年　二刷
倉橋由美子　パルタイ　文藝春秋　昭和四十三年　四刷　印刷

右上から

椎名麟三　新作の証言　筑摩書房　昭和三十二年　初版

中野好夫　ぼらのへそ　彌生書房　昭和三十二年　初版

川口松太郎　楊貴妃　河出書房　昭和三十一年　第十二刷

水上　勉　霧と影　河出書房新社　昭和三十四年　九刷

伊藤　整　氾濫　新潮社　昭和三十三年　初版

有吉佐和子　紀ノ川　中央公論社　昭和三十四年　第四刷

三好達治

一九〇〇—一九六四　大阪生れ。陸軍士官学校放校後、東京帝国大学仏文卒。第一詩集『測量船』で注目される。堀辰雄らと詩誌『四季』を刊行。フランシス・ジャムや漢詩の詩法を導入し、生命感あふれる田園世界をうたった四行詩集『南窗集』を刊行。

ヘリコプターに乗って取材へ。

詩人と付き合うのは大変だ

　詩人が繊細な神経の持ち主とは限らない。河上徹太郎が嘆いている。
〈三好の病状は、肺の方は先ず順調だが、その前から持病になっていた、神経性心悸亢進症に苦しめられ出した。その発作が始まると傍で見ていてもたまらなかったが、同時に看護人としてこんなやり切れない患者はなかった。氷嚢！　とどなるのでこしらえて来てやると、暫く胸にあてているが、すぐ投げ捨て、寒い！　湯タンポ！　と来るのである。〉
　退院後、中谷孝雄の家で療養することになったが、ここでもわがままいっぱいに振舞い、
〈朝新聞を持って便所へ行ったとき、そこに殺人事件などのショッキングな記事が出ていると、どうしてこんな新聞を自分の目にふれるところに置いておいたか、おれの心臓の悪いことを知らないのかといってどなりつけたりしたそうである。〉（河盛好蔵『憂国の詩人・三好達治』）
　繊細過ぎるとそうなるものなのか？

三好達治全集
筑摩書房
第十巻　初版

梶井基次郎

一九〇一―一九三二　大阪生れ。東京帝大英文科に入学。簡潔かつ詩情豊かな文体で綴った二十篇余りの作品は珠玉の名品と称され、井伏鱒二や川端康成など、多くの作家たちが賞賛した。初めての創作集『檸檬』刊行の翌年、郷里大阪にて肺結核で逝去。

梶井基次郎の狼藉

梶井基次郎といえば、まず『檸檬』である。文学に憧れた若者はみな一度は、この詩情豊かな作品世界に接することになっている。そして、作者はおそらく繊細で物静かな人だったのだろうと想像するのである。奥付の検印を見ても、なんだか端正な人柄を表しているように見えるではないか。

　ところがどっこい、若い頃の暴れん坊ぶりは筆舌に尽くしがたいものだった。友人の中谷孝雄が書き残している。

〈その夜梶井は料理屋にゐる間は、床の間の懸物に唾を吐きかけて廻ったり、盃洗でとんでもない物を洗って見せたり、限りない狂態を尽してゐたが、（略）甘栗屋の釜に牛肉を投げこんだり、支那蕎麦の屋台をひつくりかへしたりしたのもこの前後のことであつた。生活の乱れ方は、秋になつていつそうひどくなつた。〉

　小説の印象とはかけ離れていた。

梶井基次郎全集　筑摩書房　第一巻
昭和四十七年　十刷

小林秀雄

一九〇二―一九八三　東京生れ。東京帝大仏文科卒。『様々なる意匠』でデビュー。独創的な批評活動を続け『私小説論』『ドストエフスキイの生活』等を刊行。『無常といふ事』『モオツァルト』や晩年の大作『本居宣長』などで近代日本の文芸評論を確立。

文藝評論　日産書房　昭和二十三年　初版

京都の清水寺参道にて。

横溝正史

一九〇二―一九八一　兵庫生れ。大阪薬学専門学校卒業。『新青年』の編集長となり、海外推理小説の名作を紹介。自身も推理小説を執筆。戦後、本格的トリック小説に挑戦。『獄門島』『悪魔の手毬唄』などを発表し、名探偵金田一耕助が有名になった。

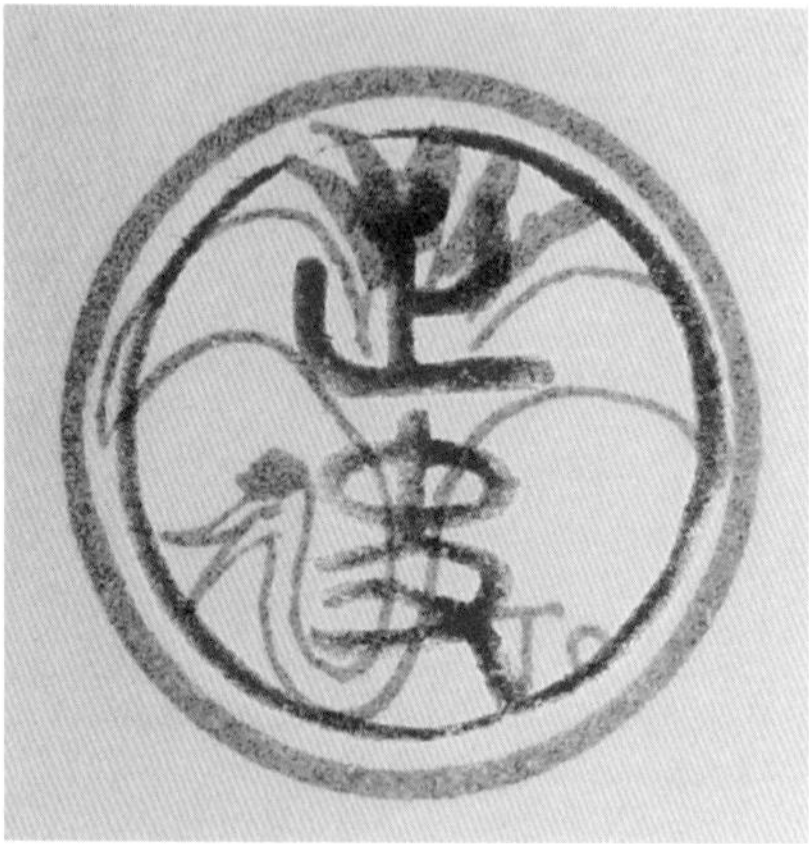

悪魔の降誕祭　東京文藝社
昭和三十八年　初版

写真を撮る際、作家にはよく煙草を手にしてもらった。

山田風太郎

一九二二―二〇〇一　兵庫生れ。東京医科大学在学中より推理小説を発表。若くして探偵作家クラブ賞を受賞。後、時代小説に転じ『くノ一忍法帖』など多くの忍法小説を書く。文明開化期を舞台にした『警視庁草紙』や『幻燈辻馬車』などもある。

誰にも出来る殺人　講談社
昭和三十三年　初版

丸谷才一

一九二五―二〇一二　山形生れ。東京大学英文科卒業。J・ジョイス『ユリシーズ』などを翻訳し、新進の英文学者として注目される。日本的な私小説の伝統を批判して自ら小説を手がけ、『年の残り』で芥川賞を、『たった一人の反乱』で谷崎賞を受賞。

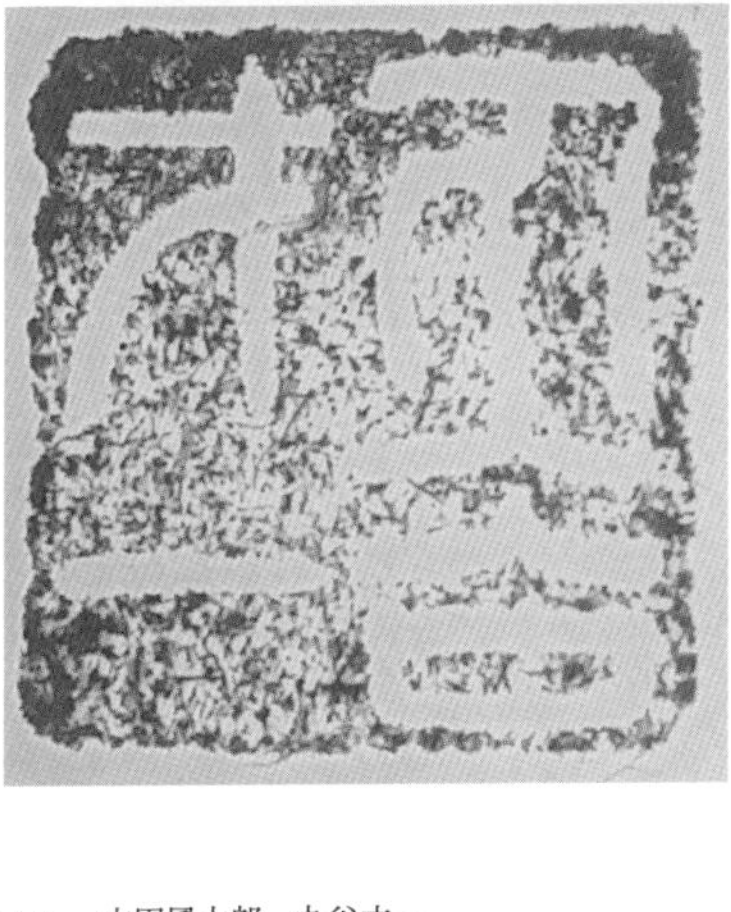

七十句　立風書房　平成七年　初版　古希を記念した句集。あえて検印を捺す。

中 勘助

一八八五―一九六五　東京生れ。東京帝国大学国文科卒業。処女作『銀の匙』が学生時代の恩師である夏目漱石の推挙によって「東京朝日新聞」に連載され注目される。が、文壇とは一線を画し、孤高の創作活動を続けた。小説に『提婆達多』『犬』など。

慚愧の念

長兄が病に倒れ、一家の大黒柱となることを求められたのにもかかわらず、実家には寄り付かず、孤独な生活を送っていた若き日のことを慚愧の念をもって振り返った「検印」と題した詩がある。

〈(前略)島にこもったり
寺にはいったり
不惑の年までも間借り生活
幸い父はそれを見ずに死んだが
それから四十年
今や還暦にちかくはじめて家庭をもち
やっと筆一本でくらしているのを知ったら
父は安堵の胸をさするだらうか
思いがけず出た「銀の匙」の十二版
嘘やまことの古い追憶
どうぞこの一萬五千の検印が
つぎつぎ極楽の蓮華とさくようにと
またもやさすらいの田舎住い
しんみり机にむかって
こつこつとはんこをおす〉

(『中勘助全集』角川書店　第十一巻より)

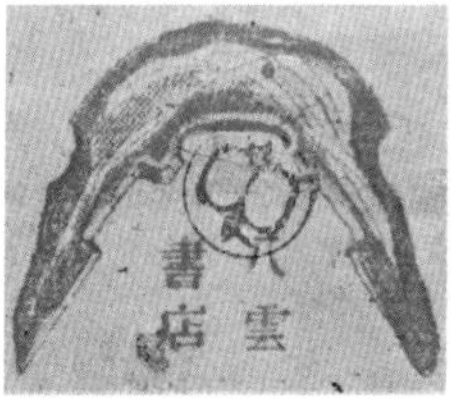

餘生　八雲書店
昭和二十二年　初版

内田百閒

一八八九―一九七一　岡山生れ。東京大学独文科卒。漱石門下となり芥川龍之介、鈴木三重吉、小宮豊隆らと親交を結んだ。諧謔に富んだ随筆を多く執筆。『百鬼園随筆』や小説『実説艸平記』『阿房列車』でユーモアあふれる独自の世界を生み出した。

昭和二十七年、日銀の総裁室で。

内田百閒も金に困っていた

この人の借金生活は有名である。「入るを量りて出ずるを為す」と言う考えなど全くないように見受けられる。だから、検印のひと押しひと押しもお金に見えていたに違いない。

こんな随筆も堂々と書く。

〈私は暫らく本が出なかつたが、今度新らしいのが一つ出來た。検印を済ました後で、さて印税の清算をして貰はうと思ふ。前前からその本が出來たらと云ふので借りた借りが、自分では判然とした記憶はないけれど、あるにはある。しかしそれでも幾らかはお下げ渡し願へるものと思つて、その係で計算して貰つたら、驚いた事には、尤も左迄《さまで》驚きもしないが、士官學校の營内居住みたいな事になつて、餘つ程足りない事が判明した。しかしその不足額をこちらから持ち出して帳尻を整へる事は勘辨して貰つた。それで新らしい本が出來た爲の清算で、新らしく私の借金を確立した。〉

（『内田百閒全集』福武書店　第十二巻所収「恵存」より）

ノラや
文藝春秋新社
昭和三十二年
初版

徳田秋聲

一八七二—一九四三　金沢生れ。鏡花らとともに尾崎紅葉門下に。自然主義的傾向から、晩年は心境小説に。作家志望の山田順子との交情を深めて創作意欲を再燃させ『假装人物』を執筆、また芸者小林政子との交渉から代表作『縮図』を生み出した。

自宅書斎にて。昭和十一年頃。

假裝人物　中央公論社　昭和十三年　初版

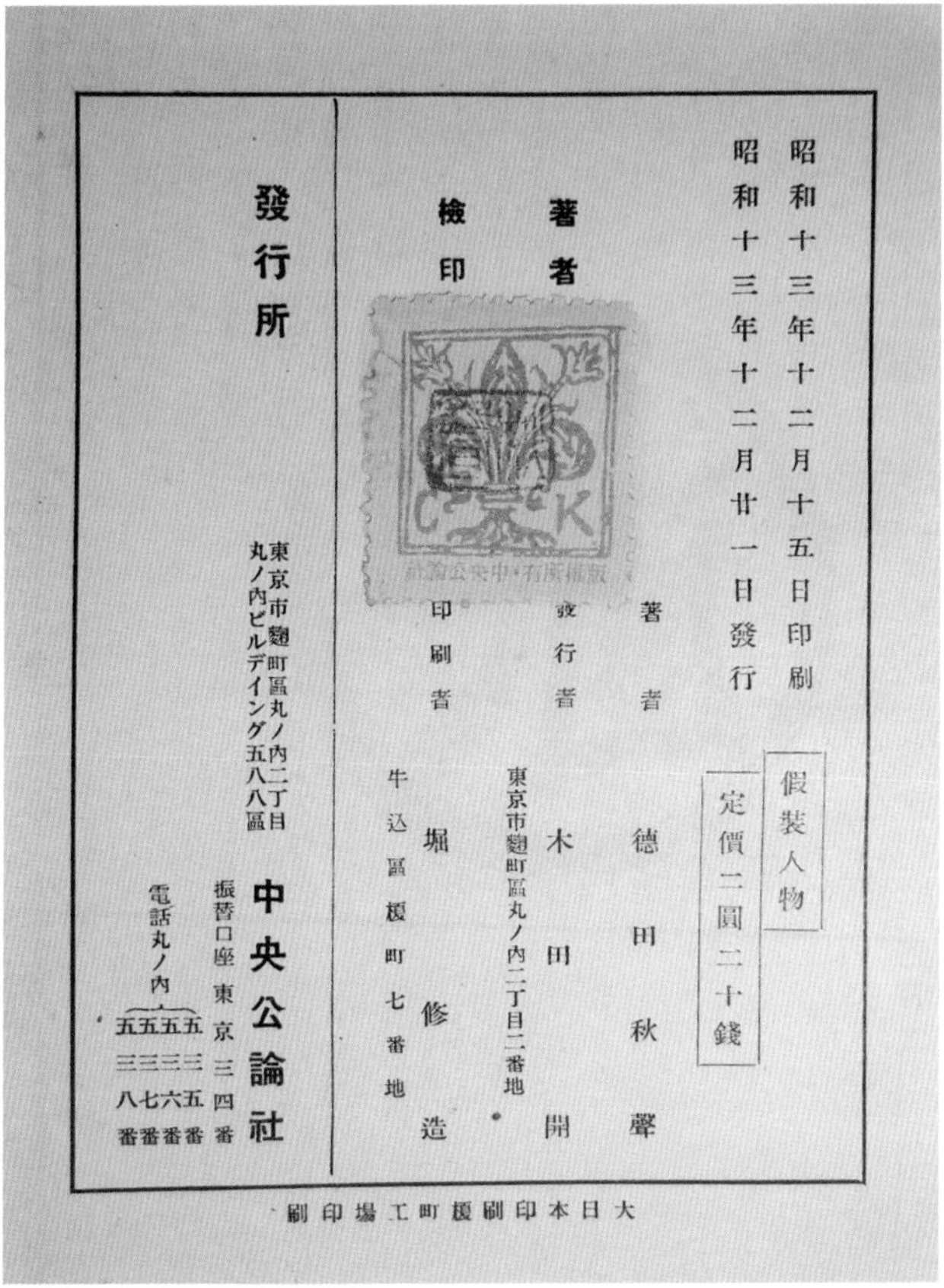

昭和十三年十二月十五日印刷
昭和十三年十二月廿一日發行

假裝人物
定價二圓二十錢

著者檢印

版權所有・中央公論社

著者　徳田秋聲

發行者　木田開
東京市麴町區丸ノ内二丁目二番地

印刷者　堀修造
牛込區榎町七番地

發行所
東京市麴町區丸ノ内二丁目
丸ノ内ビルディング五八八區
中央公論社
振替口座東京三四番
電話丸ノ内 五三五番 五三六番 五三七番 五三八番

大日本印刷榎町工場印刷

江戸川乱歩

一八九四—一九六五　三重生れ。早大政経学部卒。『二銭銅貨』で作家デビュー。代表作は『人間椅子』『黒蜥蜴』などの本格推理小説や、『怪人二十面相』『少年探偵団』などの少年向けの推理小説。筆名は私淑した米国の小説家エドガー・アラン・ポーから。

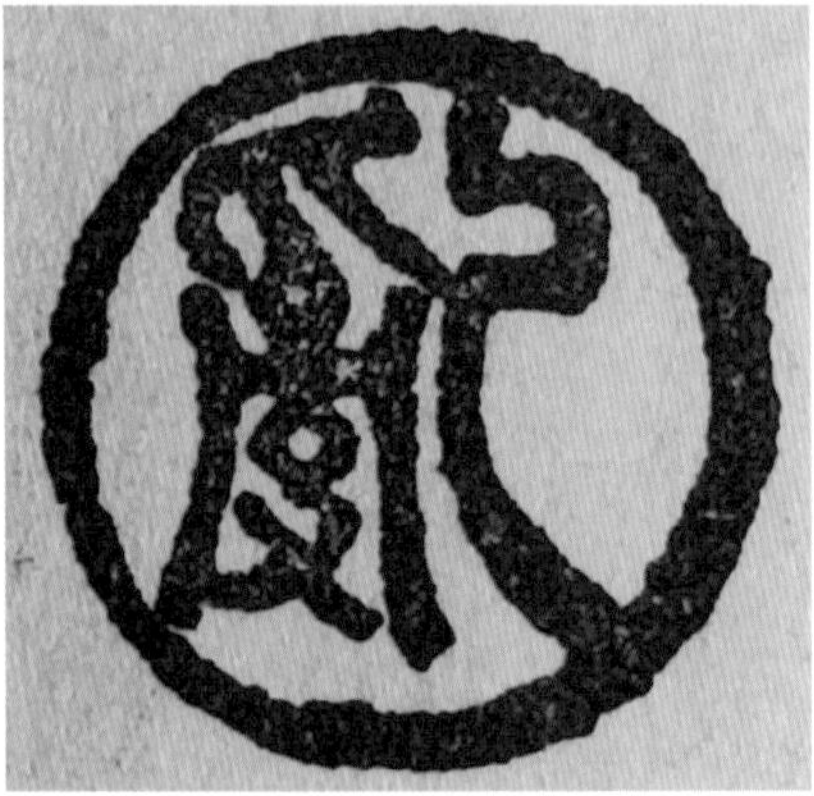

影男　春陽堂　平成五年　三刷　印刷

科学警察研究所の廊下でピストルを握って。

吉井 勇

一八八六―一九六〇　東京生れ。早大中退。新詩社を出て、「パンの会」を結成。北原白秋とともに雑誌『スバル』を創刊。歌集『酒ほがひ』で歌壇での地位を確立。劇作では『午後三時』『河内屋与兵衛』『俳諧亭句楽の死』などで独自の市井的世界を展開した。

同級生で親友の谷崎潤一郎（右）の自宅にて。昭和二十九年。

この印章は友から贈られた

下の印影は竹でできた「竹印《ちくいん》」というものらしい。吉井はこれを友人から贈られて大いに喜んだ。そのことを歌日記に記している。

〈(昭和十六年) 五月廿八日、靜岡在羽鳥なる石上友太郎君より、その篆刻にかかる二顆の竹印を送り來る、一に曰く「洛北歌隱」一に曰く「相聞居」

駿河なる服織《はとり》の友の刀《たう》さむしこの竹印に見入りてあれば

寒竹の節くれ立ちし根を切りて友の彫りたる竹印ぞこれ

雷といふ一字大きくわが書きてまづこの印を朱朱《あかあか》と捺す

竹印はおもしろきかも手に取れば聴こゆるごとし笹の葉摺れも

そのこころ刀にこもれりこの印を捺すたびごとに友を思はむ〉

(『吉井勇全集』　番町書房　第二巻
「わが歌日記」より)

相聞居随筆　甲鳥書院　昭和十七年　初版

司馬遼太郎

一九二三—一九九六　大阪生れ。大阪外国語大学蒙古語科卒。産経新聞在職中に『梟の城』で直木賞受賞。退職後、『竜馬がゆく』『坂の上の雲』『翔ぶが如く』など歴史小説の新分野を開拓した。「司馬史観」と呼ばれる独自の視点からの日本、日本人論も多い。

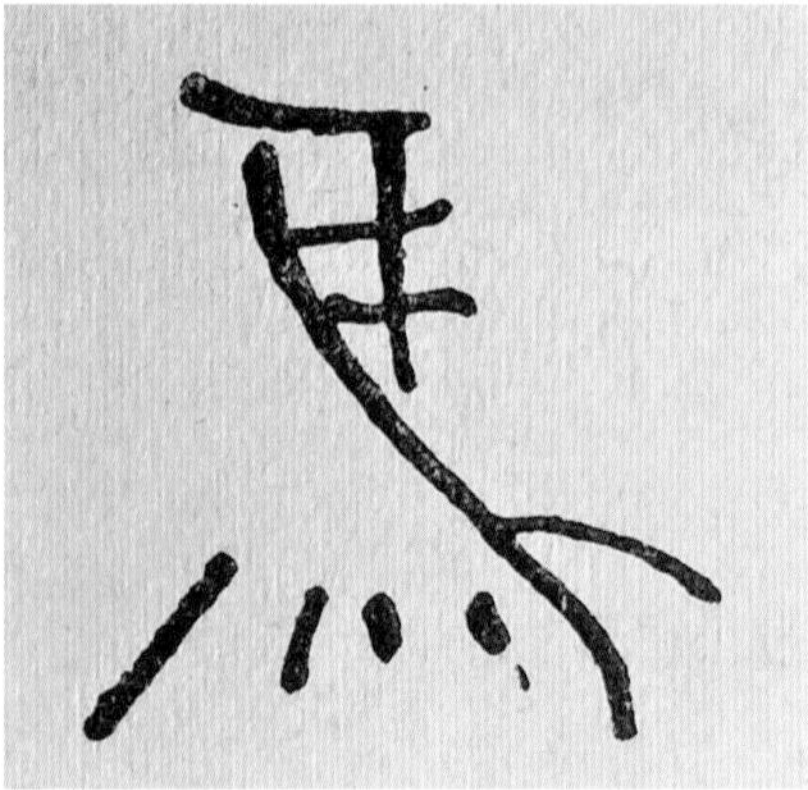

竜馬がゆく　狂瀾篇　文藝春秋新社
昭和三十九年　初版　印刷

東京・日野の土方歳三の生家で。歳三の差料和泉守兼定を手にする。昭和三十七年。

菊池　寛

一八八八―一九四八　香川生れ。京都帝大卒。旧友芥川龍之介、久米正雄らとともに第三、第四次「新思潮」同人。一九一二年、雑誌『文藝春秋』を創刊し、のち芥川賞、直木賞を創設し文壇の振興につとめた。代表作に『父帰る』『恩讐の彼方に』など。

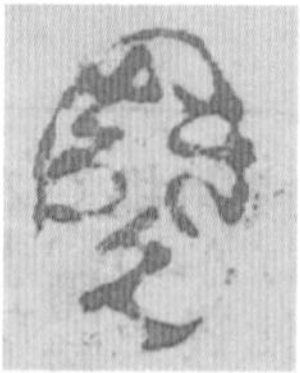

右上より時計回りに●菊池寛全集　第五巻　平凡社　昭和四年初版　●若杉裁判長　春陽堂　大正十年　初版　●菊池寛全集　第壹巻　春陽堂　大正十一年　四刷　●新思潮傑作選　玄文社　大正八年　二刷●文學讀本　秋冬の巻　第一書房　昭和十四年　二刷　●日本女性讀本　東京日日新聞発行所　昭和十二年　初版　●創作春秋　高陽社　大正十三年　二刷

才気溢れる人だったが、見かけは村夫子然としていた。

菊池寛は検印の小説を書いていた

菊池寛は一九二三（大正十二）年に『文藝春秋』を創刊。編集長、社長として辣腕をふるったが、その前に作家でもあった。作家と編集者、両者の機微に通じていたわけだが、だからこそこういう短編小説が書けたのだろう。題を『奥附の印』という。

作家のところへ行って、検印を貰ってくるように命じられた本屋の小僧・長蔵は、病み上がりの体をおして先生の家に辿り着くが、水いっぱい出されることもなく、玄関先で渡された小さな印章で、ひたすら判を捺すハメになる。そのぞんざいな扱いに頭にきた長蔵はついにでたらめに判を捺し始めるのである……。

長蔵の怒りが妙にリアルなのが愉快だ。ぽいと押し付けられたハンコは持つところが小さく、数を捺しているとすぐに指が痛み始めるといらだつ。〈一体、奥附の判などは、著者の方で押さなければならないものを、此方で押してやつて居るのに、少しも感謝の意を示さない、お茶一杯も出さない、こんなに暑い日に、遠方を来て居るのに、お茶一杯も出さないと思ふと、長蔵は涙が出るほど、口惜しく思はれた。〉

こういうことが実際にあったんだろうなあ。

ステッキを手に銀座をそぞろ歩き。

廣津和郎

一八九一―一九六八　東京生れ。明治期の作家・廣津柳浪の次男。早稲田大学在学中、葛西善蔵、谷崎精二らと同人誌『奇蹟』を創刊。卒業後、文芸評論や小説『神経病時代』を発表し作家として出発。晩年は一転、松川事件裁判の公正化むけて献身的に取組んだ。

松川裁判　筑摩書房　昭和三十年　初版

松川事件の現場にも足を運んだ。昭和三十三年。

廣津和郎と松川事件

〈たいてい近くの釣堀で釣糸を垂れていた。その丘の上の閑散な釣堀には廣津ひとりしかいないことが多かった。原稿の催促をすると、隈の濃い眼許に微笑の影をみせ、「すまん、すまん。いや、明日までにきっと書くよ」といって、すぐ泛子《うき》に眼をやるのであった。廣津は「凝り屋」で、「一つのこと」に取憑かれると、とことんまで追い詰めた。骨董に凝ったし、麻雀に凝ったし、花札にも凝った。〉（『作家の舞台裏』楢崎勤）

六十歳のとき、廣津は松川事件の被告らの手記を読んで、この事件に強い関心を抱くようになる。松川事件とは戦後、東北本線松川駅と金谷川駅間で起きた列車転覆事件。乗務員三名が死亡し、犯人として近くの東芝の労組員や国鉄労組員二十名が逮捕された。

廣津は被告らの無罪を確信し、雑誌での連載や講演活動などを行い、十年余にわたって、粘り強く活動を続けた。それは作家時代に廣津を知る者たちが不思議がるほどだったが、廣津が七十二歳のときに、最高裁で全員無罪が確定した。

前頁の「廣／松」の検印の「松」は松川事件の「松」で、印税の半分を被告らにカンパすることになっていたという。

志賀直哉（右）はよく廣津の自宅を訪ねてきた。昭和二十九年。

石川 淳

一八九九―一九八七　東京生れ。東京外国語学校仏語科卒。『普賢』で芥川賞受賞。仏文学、江戸文学に造詣深く、芸術至上主義的作品が多い。戦後は『黄金伝説』『焼跡のイエス』『処女懐胎』などを発表、坂口安吾や太宰治とともに無頼派と呼ばれた。

無盡燈　文藝春秋新社　昭和二十三年初版　夷斎の号も

宮本百合子

一八九九―一九五一　東京生れ。日本女子大学中退。十七歳で『貧しき人々の群』を発表、注目を浴びる。結婚、離婚をへてソ連に留学し、帰国後共産党に入党。宮本顕治と再婚。戦時中は検挙投獄に耐え、非転向を貫く。代表作に『伸子』『播州平野』など。

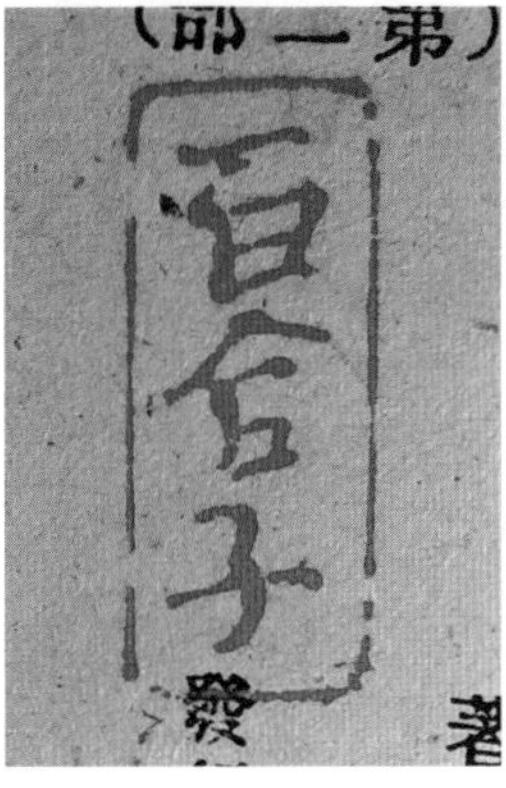

伸子　第二部　文藝春秋新社
昭和二十二年　初版

開高 健

一九三〇―一九八九　大阪生れ。大阪市立大学法学部卒。寿屋（後にサントリー）宣伝部に勤務しコピーライターとして活躍。『裸の王様』で芥川賞受賞。ベトナム戦争特派員の体験をもとに『輝ける闇』『夏の闇』を発表。ルポルタージュも精力的に執筆。

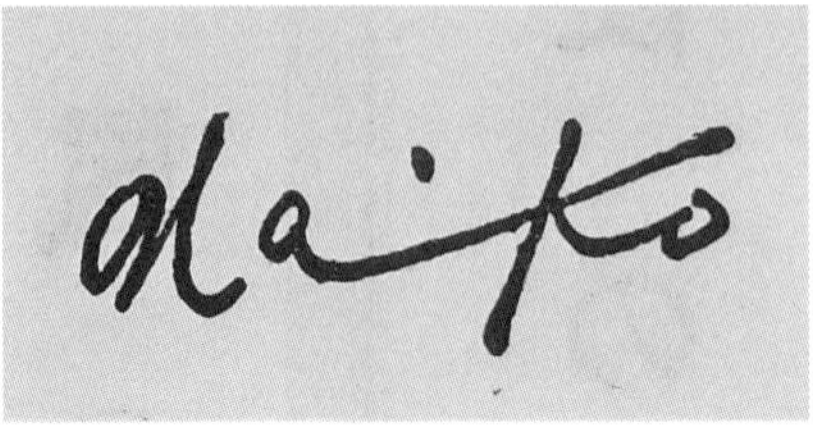

裸の王様　文藝春秋新社
昭和三十四年　十刷　印刷

芥川賞受賞直後はカミソリのように鋭利な容貌だった。

中野重治

一九〇二―一九七九　福井生れ。東京帝国大学文学部独文科卒。学生時代より短歌や詩や小説を発表。マルクス主義を信奉しプロレタリア文学運動に参加した。代表作に小説『歌のわかれ』『むらぎも』『梨の花』『甲乙丙丁』など。隣の女性は妻で、女優の原泉。

激しい人だった

重治の「重」の字ひとつをどんと彫り込んだ、ずいぶんとぶっきらぼうな印章である。中野には「素樸ということ」という題の随筆があるが、そこにこんなことを書いている。

〈だいたい僕は世のなかで素樸というものが一番いいものだと思つている。こいつは一番美しくて一番立派だ。こいつは僕を感動させる。こいつさえつかまえればと、そう僕は年中考えている。〉

　そんな美意識がこの印章を生み出したのかもしれない。もっとも、「素樸が一番」と言いながら、実はこの随筆自体は理屈っぽくて素樸から最も隔たったものになっている。

　最後には〈文藝というような仕事が上つ滑りに滑りやすい仕事であることを知つていなければならず、多少の名聞や生活の経済的安全やのために態度をぐらつかせるようなことがあつたら縊つて死ぬべきであることをわきまえていなくてはなるまい。〉と記すのだから大変激しい人だったのだ。

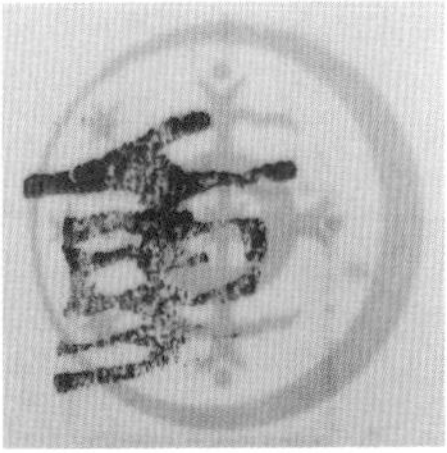

梨の花　新潮社
昭和三十四年　初版

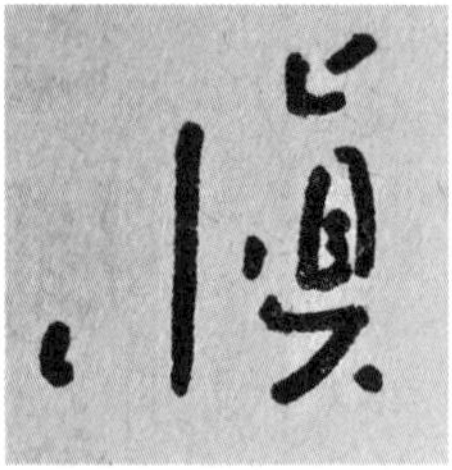

上から
山本周五郎　青べか物語　昭和三十六年　初版
石原慎太郎　亀裂　昭和三十四年　十刷
獅子文六　ロボッチイヌ　昭和三十四年　初版

上から
池波正太郎　錯乱　昭和三十五年　初版
柴田錬三郎　赤い影法師　昭和四十五年　八刷
吉行淳之介　娼婦の部屋　昭和三十四年　初版
この見開きページの作品の出版社は文藝春秋新社。赤い影法師のみ文藝春秋。
検印はすべて印刷

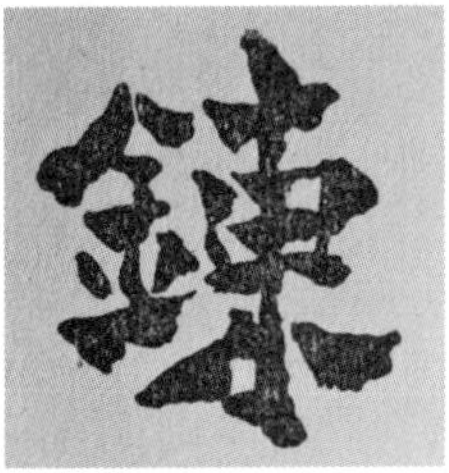

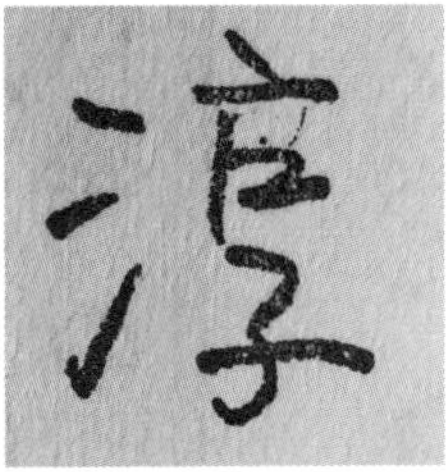

堀 辰雄

一九〇四—一九五三 東京生れ。東大国文科卒。芥川龍之介、室生犀星に師事。中野重治らと同人誌『驢馬』を創刊。『聖家族』で注目される。結核のため終生療養生活を強いられたが、『燃ゆる頬』『美しい村』、連作『風立ちぬ』などの巧緻な小説を書いた。

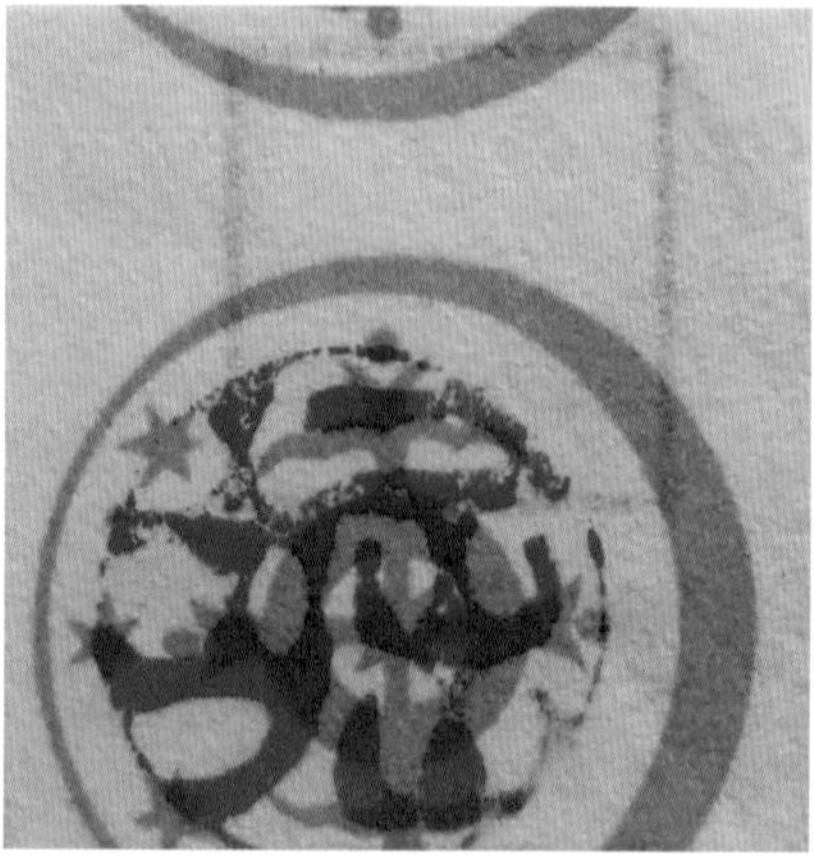

妻への手紙　新潮社　昭和三十六年　五刷

ファッションに気を使う大変におしゃれな人だった。

大江健三郎

一九三五―　愛媛生れ。東京大学仏文科卒。在学中に『奇妙な仕事』を発表、脚光を浴びる。『飼育』で芥川賞受賞。以後、精力的に『個人的な体験』『万延元年のフットボール』『洪水はわが魂に及び』などを発表。一九九四年ノーベル文学賞を受賞。

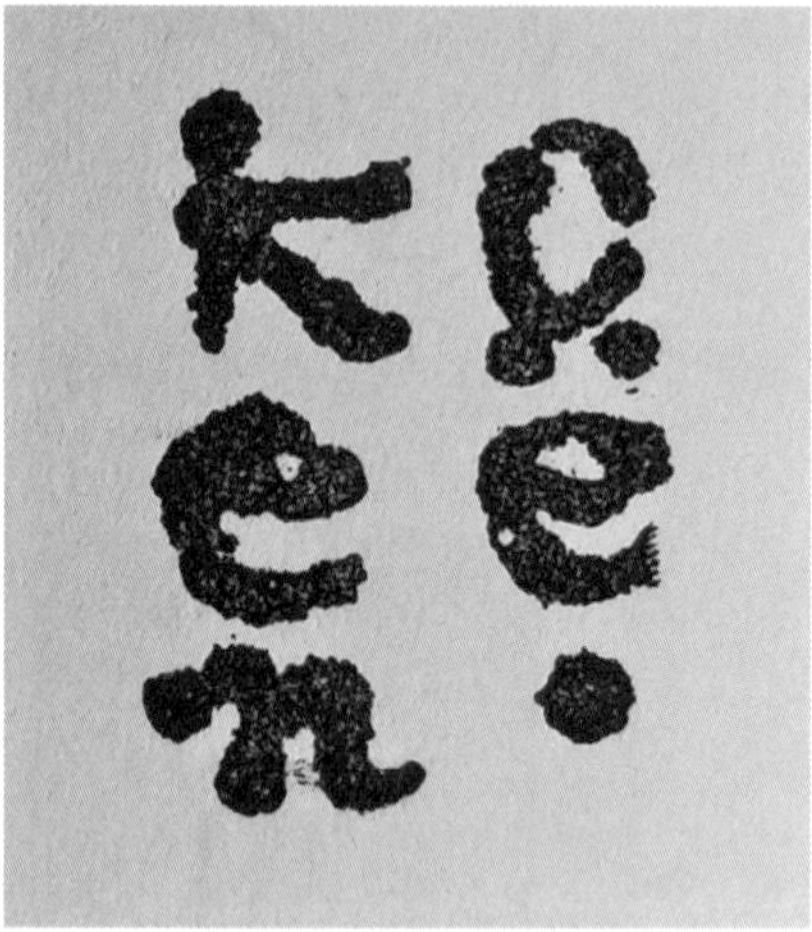

死者の奢り　文藝春秋　昭和四十五年　十刷

芥川賞を受賞した二十三歳のころ。

幸田文

一九〇四—一九九〇　東京生れ。父は幸田露伴。母、姉弟を早くにうしない、幼少時より父から厳しく躾けられた。離婚後、父のもとに帰り、身辺の世話をする。露伴の死を描いた随筆『終焉』『葬送の記』が話題に。小説『流れる』で新潮社文学賞受賞。

上から、幸田文全集　第一巻　中央公論社　昭和三十三年　初版
番茶菓子　創元社　昭和三十三年　七刷

奈良・斑鳩町にある法輪寺の前で。

瀧井孝作

一八九四―一九八四　岐阜生れ。当初、河東碧梧桐に師事して新傾向俳句運動に携わる。その後、小説を執筆。芥川龍之介に知られ、志賀直哉を生涯の師と仰いだ。代表作に、吉原の娼妓との恋愛、結婚、死別の経緯を描いた長編小説『無限抱擁』がある。

そう言われてみれば、どことなく鬼瓦に似ている。

愉快な篆刻

瀧井は篆刻に造詣が深く、こんな随筆を遺している。

〈私の十三としうへの友だちで小沢碧童といふ、俳句と書と篆刻の上手があつた。碧童は、明治四十年頃から篆刻をはじめ、(略) 芥川龍之介、志賀直哉、所用の石印も幾顆か彫つた。大冊〃座右宝〃の奥付の印もたのまれてて、〃座右宝〃三字の大きい石印で、奥付には自分の手で正確に一枚一枚捺した。昭和九年に私の短篇集〃慾呆け〃の検印を彫つて、その石印は、上と両横に二重の線を彫り中に孝の一字が在り、碧童曰く「これは天平鬼瓦からヒントを得て彫つたがネ」と笑つた。私は、鬼瓦の鬼に見立てられたとわかつて、微苦笑をした。〉(「篆刻と友だち」)

さて、左の印影。恐らくは小沢の手によるものと思われるが、これ、瀧井の似顔絵ではないか。

翁草　求龍堂　昭和四十三年　初版　印刷

花田清輝

一九〇九―一九七四　福岡生れ。京都大学英文科中退。特異な評論活動を続け、戦後、『復興期の精神』としてまとめられ注目される。岡本太郎と前衛芸術運動に携わり、また、『新日本文学』の編集長をつとめた。晩年には『鳥獣戯話』など、小説も執筆。

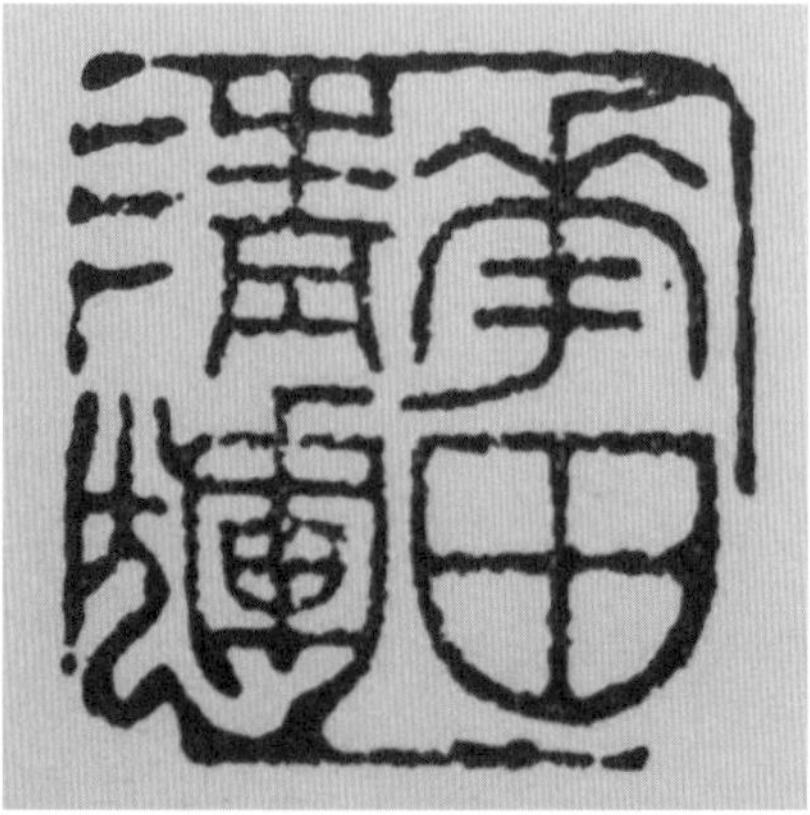

花田清輝全集　別巻Ⅱ　講談社
昭和五十五年　初版　印刷

昭和三十八年、自宅の居間にて。

澁澤龍彦

一九二八—一九八七　東京生れ。東京大学仏文科を卒業後、マルキ・ド・サドなどフランスの異能作家を精力的に紹介。ヨーロッパ中世の悪魔学やエロティシズム、異端芸術を特に愛好した。また『唐草物語』『高丘親王航海記』など独特な小説世界も生み出した。

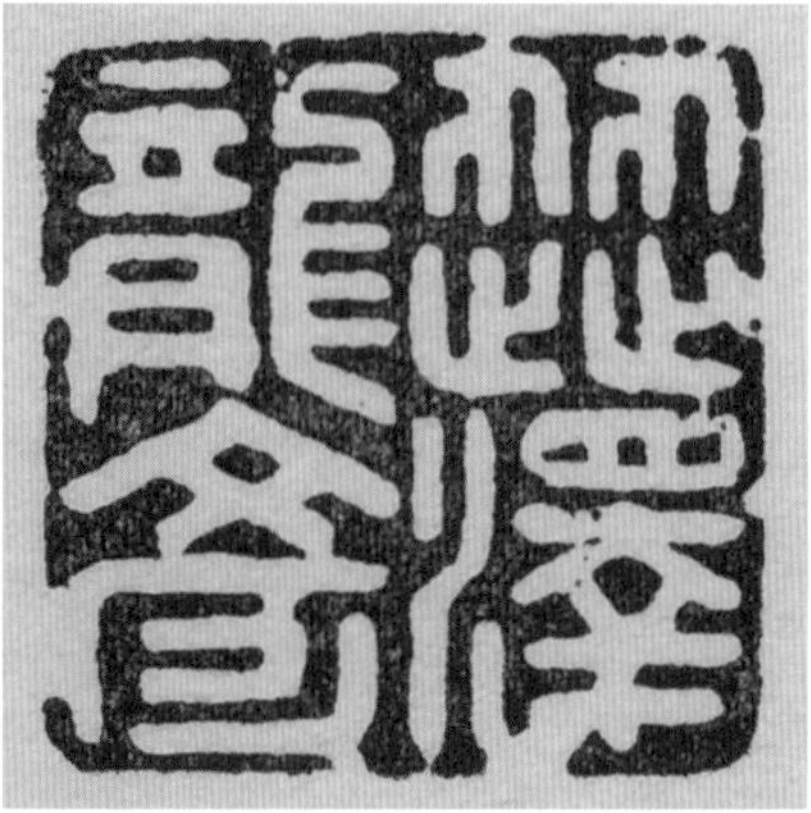

ヨーロッパの乳房　立風書房
昭和四十八年　初版　印刷

頭蓋骨はメメント・モリのシンボルか。

佐多稲子

一九〇四―一九九八　長崎生れ。母親を結核で亡くし、小学校修了前に一家で上京、職を転々としたのち、プロレタリア作家として出発。日本共産党への入党と除名、窪川鶴次郎との離婚など、左翼運動や夫婦関係の中での苦悩を描いた自伝的作品が多い。

佐多稲子全集　講談社
昭和五十四年　印刷

「長崎生まれで坂道は気にならないの」。歩道橋も苦にならず。
昭和三十四年、新宿で。

佐多稲子の端正

左頁の写真を撮影したカメラマンの横には、若き日の私が、編集者として立っていた。ときは一九八二年。これは月刊文藝春秋の連載「日本の顔」の一コマである。佐多さんの隣の女性は原泉さん。女優であり、中野重治の妻であり、佐多さんの飲み友達でもある。その交遊は五十年に及ぶ。

場所はなじみのやき鳥屋「とり源」。中野重治の闘病とその死を描いた、佐多さんの小説『夏の栞』にも登場する。

盃が重なるにつれて、昔の仲間の名前が飛び交い、二人の顔がふと、懐かしい表情に変わる。

撮影は、佐多さんの書斎でも行った。

和服で姿勢を正し、正座で文机に向かう佐多さん。原稿用紙の上をすべっていく万年筆の音が、都心とは思えないほど静まり返った部屋に響く。

佐多さんは、その文章と同じように非常に端正で品格のある作家だった。そんな印象が強く残っていたので、全集の奥付にあったこの印影（ただしこれは印影を印刷したものだが）を見たときには、ちょっと意外な気がした。

若き日に自殺を図ったり、社会運動に身を投じて苦しんだりした女性の印影としては、とてもおちゃめで、洒落ているように思えたからである。

困難な時代を生き抜いた戦友のような二人だった。

あとがき

百三十人、百七十の印影、堪能していただけただろうか？

丸いの、四角いの、凡庸なの、洒脱なの。色々とあって実に飽きない。名は体を表す、というけれど、印影も人柄を表すような気がする。繊細な印影の作家は鋭敏な神経の持ち主であったり、豪放な印影の持ち主は磊落な性格であったり、と。最近では、古い本を手に取ると、検印が貼ってあるかな、とつい奥付を見る癖がついてしまった。

明治、大正、昭和は実に多くの個性的で多彩な作家たちを輩出したものだと、この本を作りながら実感させられた。まだご健在で活躍中の数人の作家を除けば、みんな、この世に生まれ落ち、もがき苦しみながら小説を書き、奥付にペタペタとお気に入りのハンコを捺し、そして死んでいった。

そう思うと、ここに並んだ印影が作家たちの墓標のようにも見えてくる。健気で可憐な墓標である。

一年ほど前に、左右社の小柳学氏に、この本のアイデアをおずおずと開陳すると、すぐに「面白い！」といって背中を押していただき、かつ、編集部の脇山妙子さんにはこまごまとした手助けをしていただいた。

デザイナーの有山達也氏と一緒に仕事をするのは二十数年ぶりのことだったが、気持ちよく装丁を引き受けて下さった。

また、文藝春秋の鈴木眞紀子さんからは陰に陽に励ましを受け、同社の島田真、新井宏、小磯栄一の各氏にも多大な便宜を図っていただいた。

皆さんに深く感謝したい。

さあてと、これで、あとがきも書き終えちゃったし、これから検印捺しでも始めるかな。

二〇二一年　晩秋の三鷹にて
西川清史

西川清史

一九五二年生れ。和歌山県出身。上智大学外国語学部フランス語学科卒業後、文藝春秋に入社。雑誌畑を歩み、二〇一八年副社長で退職。現在は瘋癲老人生活を満喫中。著書に『うんちの行方』（新潮新書　神館和則氏との共著）がある。

写真提供（数字は頁数を表す）

●文藝春秋（十六、二十一、二十三、二十五、二十七、三十一、三十三、三十五、三十七、三十九、四十六、四十七、五十四、五十九、六十三、六十四、七十、七十三、七十四、七十五、七十七、七十八、七十九、八十一、八十五、八十七、八十九、九十、九十一、九十三、九十四、九十五、九十七、百二、百七、百九、百十、百十一、百十四、百十九、百二十、百二十三、百二十五、百二十七、百二十九、百三十一、百三十二、百三十三、百三十五、百三十八、百三十九、百四十三、百四十五、百四十九、百五十三、百五十五。以上すべて人物写真）

●県立神奈川近代文学館（八十、八十二、八十三。印影および印章の写真は同館所蔵のもの）

●青森県近代文学館（四十一）

●伊東市立木下杢太郎記念館（六十五）

●徳田秋聲記念館（百十六）

●澁澤龍子（百五十一）

文豪と印影奥付◎發行令和参年拾弐月拾伍日第一刷◎著者西川清史◎裝丁者有山達也、山本祐衣◎發行者小柳学◎發行所株式會社左右社郵便番号一五一ノ〇〇五一東京都澁谷區千駄ケ谷参丁目五拾五番地拾二地下壱階◎電話番號〇三（五七八六）六〇三〇◎ファクシミリ番號〇三（五七八六）六〇三二◎印刷所創栄図書印刷株式會社◎活版有限會社日光堂

左右社 http://www.sayusha.com

ISBN978-4-86528-062-3